Gweld Sêr

Sêr Nadolig

Cindy Jefferies

addasiad
Emily Huws

Argraffiad cyntaf: 2009

ⓗ addasiad Cymraeg: Emily Huws

Rhif rhyngwladol: 978-1-84527-221-0

Teitl gwreiddiol: *Christmas Stars*

Mae'r cyhoeddwyr yn cydnabod cefnogaeth ariannol
Cyngor Llyfrau Cymru

Cyhoeddwyd yn wreiddiol yn Saesneg gan Usborne Publishing Ltd.
© testun Saesneg: Cindy Jefferies
Cyhoeddwyd yn Gymraeg gan Wasg Carreg Gwalch,
12 Iard yr Orsaf, Llanrwst, Conwy, LL26 0EH.
Ffôn: 01492 642031 Ffacs: 01492 641502
e-bost: llyfrau@carreg-gwalch.com
lle ar y we: www.carreg-gwalch.com

Argraffwyd a chyhoeddwyd yng Nghymru.

Gweld Sêr

1. Syniad Newydd

"Edrych ar hwn!" meddai Fflur, yn syllu ar yr hysbysfwrdd y tu allan i'r ystafell fwyta yn Ysgol Plas Dolwen. Ers iddi hi a'i ffrindiau symud i'r ail flwyddyn, doedd Fflur ddim fel arfer yn darllen yr hysbysiadau. Roedd pethau'n wahanol pan oedden nhw yn y flwyddyn gyntaf. Bryd hynny roedd *popeth* yn gyffrous. Erbyn hyn, gwyddai mai hysbysiadau ynghylch pethau diflas fel eiddo coll fyddai yno fel arfer. Ond roedd yr un lliwgar, llachar yma wedi denu'i sylw hi.

"Be ydi o?" holodd Erin a rannai ystafell gyda Fflur a'i hefaill Ffion.

"Am y cyngerdd Nadolig mae o," atebodd Fflur yn berwi o gyffro. "Waw!"

Roedd y Nadolig bob amser yn llawn hwyl, er bod amryw o berfformiadau o bob math yn yr ysgol bob tymor. Plas Dolwen oedd y lle i fyfyrwyr ddysgu popeth posib ynghylch sut i lwyddo yn y byd cerddoriaeth. Roedd pawb yno eisiau bod yn seren a'r ysgol yn rhoi digon o gyfle i bawb berfformio. Aeth Erin a Ffion at Fflur ger yr hysbysfwrdd. Pam roedd Fflur wedi cyffroi gymaint ynghylch y cyngerdd yma?

Her Cyngerdd Nadolig! meddai'r hysbysiad.
Yn hytrach na chynnal y cyngerdd Nadolig arferol, eleni hoffwn i bob dosbarth feddwl am thema Nadoligaidd. Dowch inni gael tipyn o gydweithio – hwyl a sbri Nadolig go iawn! Syniadau cyn diwedd yr wythnos os gwelwch yn dda. Byddaf yn gwobrwyo'r thema fwyaf gwreiddiol!

Arwyddwyd yr hysbysiad gan Huwcyn ap Siôn Ifan.
"Mae'n swnio'n wahanol iawn," meddai Erin. "Does neb tebyg i Huwcyn am syniad newydd!"
"Ond dydi o ddim yn rhoi llawer o amser i ni," meddai Ffion gan swnio braidd yn bryderus. "A beth yn hollol mae o'n ei feddwl? Sawl thema mae o eisio ar gyfer y cyngerdd?"

"Mae digon o amser," meddai Fflur. "Ac mae'n amlwg! Edrych!" Rhoddodd ei bys ar yr hysbysiad. "Mae'n rhaid i bob dosbarth feddwl am thema wahanol. Dwi'n siŵr y galla i feddwl am domen ohonyn nhw. Bydd digon o ddewis. Ac mae gwobr am yr un gorau! 'Sgwn i beth fydd y wobr?" Rhoddodd bwniad i'w chwaer yn ei hochr. "Gallen ni ennill petai pawb yn rhoi ei feddwl ar waith. Beth am roi cynnig arni?"

Gwenodd Fflur ar Erin. "Gwers ganu sy nesa i'n dosbarth ni," meddai. "Fydd dim ots gan Mr Parri inni drafod y cyngerdd. Byddwn wedi trefnu popeth erbyn heno, gei di weld!"

"Pa fath o thema, felly?" gofynnodd Erin. "Alla i ddim meddwl am ddim byd ar y funud."

"O! dach chi'ch dwy yn anobeithiol!" meddai Fflur, yn rowlio'i llygaid gan smalio wfftio. "Beth am rywbeth fel *Pwy Sy'n Dŵad Dros y Bryn* neu *Whishgit! Whishgit! Ffwrdd â Ni, Mae Nadolig yn Nesáu* … neu ella ddarn o bantomeim fel Ulw-Ela? Gallet ti fod yn Ulw-Ela a chanu rhywbeth, Erin. Gallai Ffion a finnau ganu deuawd fel dwy chwaer hyll."

Chwarddodd Erin. Fflur a Ffion Lewis yn actio dwy chwaer hyll – roedd y peth mor chwerthinllyd. Hurt bost a dweud y gwir! Roedden nhw mor rhyfeddol o hardd a'r ddwy yn fodelau enwog yn barod – wedi bod ers pan oedden nhw'n fach iawn. Ond 'run fath, roedd Fflur wedi deffro brwdfrydedd Erin. Efallai y byddai cyngerdd ar un thema yn hwyl.

Erbyn iddyn nhw gyrraedd dosbarth Mr Parri, daeth yn amlwg fod llawer o fyfyrwyr eraill wedi gweld yr hysbysiad hefyd.

"Be dach chi'n feddwl o syniad Huwcyn?" gofynnodd Ed, gitarydd brwdfrydig iawn, i'r genethod. "Syniad gwallgo! Dwi'm eisio g'neud dim byd ond chwarae fy ngitâr! Dwi'm eisio gwisgo dillad ac actio. Nid mewn ysgol theatr ydan ni! Cha i ddim marciau Sêr y Dyfodol o gwbl os bydd raid imi actio!"

Roedd y cyngerdd Nadolig wastad yn dilyn trefn pob cyngerdd arall ar galendr yr ysgol. Yn syml, byddai pob disgybl yn perfformio cân, darn o gerddoriaeth neu ddawns roedden nhw wedi'i baratoi yn ystod y tymor. Byddai'r perfformiadau'n cael eu beirniadu a byddai marciau Sêr y Dyfodol yn cael eu dyfarnu, felly roedd y cyngherddau'n golygu mwy na dim ond cael hwyl. Byddai'r myfyrwyr a oedd wedi ennill y rhif uchaf o farciau yn ystod y flwyddyn yn cael perfformio yng nghyngerdd Sêr y Dyfodol arbennig ar S4C. Felly doedd yn syndod yn y byd fod pawb o ddifri ynghylch eu perfformiadau.

"Dydi o ddim yn golygu actio, nac ydi?" gofynnodd Llywela Cadwaladr, yr eneth arall a rannai ystafell efo'r genethod. "Os ydi o, does gen i ddim diddordeb," ychwanegodd gan blethu'i breichiau yn fulaidd.

"Dim ots gen i!" meddai Cochyn, yn wên o glust i glust. Ei wallt coch gwyllt oedd wedi rhoi'r llysenw oedd yn ei siwtio mor dda. Roedd o'n ddawnsiwr talentog iawn ac yn dipyn o glown hefyd. "Beth am imi ddawnsio dawns tylwythen deg y goeden Nadolig mewn sgidiau mawr, trwm? Dach chi'n meddwl y byddai hynny'n ennill y wobr?"

"Amheus iawn gen i," chwarddodd Fflur. "Go brin fod hynna'n thema, nac ydi? Ond byddai'n ddoniol ofnadwy!"

"Doedd yr hysbysiad ddim yn sôn am actio," sylwodd Erin. "Ceisio g'neud y cyngerdd Nadolig dipyn yn fwy diddorol mae Huwcyn, dwi'n meddwl."

"Yn hollol, Erin," meddai Mr Parri, yn dod i mewn i'r ystafell gan wenu. "Rwyt ti yn llygad dy le. Ydach chi i gyd wedi gweld yr hysbysiad?" gofynnodd. Nodiodd y rhan fwyaf o'r dosbarth.

"Ond sut wnawn ni ddewis thema sy'n siwtio pawb?" gofynnodd Dan James, ffrind gorau Cochyn oedd hefyd yn rhannu ei ystafell.

"Dwi'm yn meddwl fod hynny'n bwysig iawn," meddai Mr Parri. "Dewiswch rywbeth dach chi'n ei hoffi, rhywbeth fydd yn ambarél da i berfformiad pawb. Unrhyw syniadau erbyn hyn?"

"Ro'n i'n meddwl am *Pwy Sy'n Dŵad Dros y Bryn*," meddai Fflur.

"Cân plant bach," gwrthwynebodd Llywela.

Edrychodd Fflur yn stowt iawn arni.

"Beth am rywbeth mwy cyffredinol a gaeafol – fel eira?" cynigodd Ben.

"Anniddorol," atebodd Llywela.

"Felly meddylia di am rywbeth!" meddai Cochyn.

"Dwi'm eisio'i 'neud o beth bynnag," meddai Llywela. "Cerddor ydw i, nid digrifwr."

"Ie wir?" gofynnodd Cochyn gan wenu. "Dwi ddim mor siŵr!"

"Dowch 'laen," meddai Mr Parri yn gyflym, cyn i Llywela ffrwydro am fod Cochyn yn ei phryfocio. "Cydweithio nid tynnu'n groes ydi'r syniad tu cefn i hyn. Dowch inni gael rhagor o syniadau."

"Soniodd Fflur am ddefnyddio golygfa allan o bantomeim," meddai Erin.

"Ie!" meddai Ed. "Syniad da. Chwiorydd hyll – Ben a fi!"

Rhannai Ed a Ben ystafell efo Cochyn a Dan, a'r ddau yn arfer gwneud popeth gyda'i gilydd.

"Iawn!" cytunodd Ben. "Gen i ffansi bod yn chwaer hyll sy'n gitarydd roc!"

"Welson ni Macsen Dolig diwetha," meddai Ffion. "Roedd o'n bantomeim gwych! Ond dwn i ddim pwy faswn i'n hoffi ..."

"*Llyfr Mawr y Plant* oedd y gorau gen i," torrodd Dan ar ei thraws. "Siôn Blewyn Coch! Dyna pwy hoffwn i fod!"

Wrth wrando, daeth math o syniad i ben Erin. "Does gynnon ni ddim amser i 'neud pantomeim cyfan," meddai'n araf. "Ac mae pawb yn hoffi rhai gwahanol beth bynnag, felly byddai'n anodd iawn dewis un. Ella y gallen ni smalio ein bod mewn pantomeim newydd sy'n dod â'r holl gymeriadau traddodiadol at ei gilydd."

"Ie!" cytunodd Cochyn. "A beth petaen ni'n ymarfer ac wedi gweld poster am gyngerdd Plas Dolwen?"

"A phawb ohonon ni eisio bod yn dalentog ac yn gerddorol fel y bobl yno!" ychwanegodd Erin gan chwerthin.

"Gwych!" meddai Ffion. "Mae pob pantomeim yn llawn o hud a lledrith. Felly mae dymuniadau yn dod yn wir. Gallai pob cymeriad ddymuno a wedyn canfod eu bod wedi troi'n gerddorion gwych!"

"Ardderchog!" meddai Ben.

"Syniad clyfar iawn," meddai Mr Parri. "Wrth drafod a chydweithio fel tîm y cawsoch chi o! Da iawn! Ond oes gwahaniaeth gynnoch chi os awn ni ymlaen â'r wers? Gewch chi ddatblygu'ch syniad amser cinio. Mae'n bryd canu tipyn rŵan!"

2. Cyfarfod Pwysig

Roedd amryw o wersi eraill cyn amser cinio, ond cyn gynted ag yr oedd Mathemateg drosodd, rhuthrodd pawb i'r ystafell fwyta. Roedd amryw o grwpiau eraill yno'n barod a phawb wrthi'n brysur yn trin a thrafod.

"Dowch inni gael tipyn o drefn," awgrymodd Fflur. "Mae arnon ni angen rhagor o gadeiriau a dylai rhywun fynd i nôl bwyd."

"A' i," cynigodd Erin.

"Ddo i efo ti," meddai Ffion.

"Mi helpa i gario pethau," meddai Dan. "Be mae pawb eisio i'w fwyta?"

"Ty'd â thipyn o bopeth," meddai Fflur. "Bara a salad. Bydd hynny'n gynt a bydd pawb bownd o gael rhywbeth at eu dant."

Ar ôl bwyta, dechreuodd pawb siarad ar draws ei gilydd. Fu Fflur fawr o dro yn rhoi taw ar hynny.

"Mae'n rhaid inni gael mwy o drefn neu wnawn ni ddim byd," cwynodd. "Mae'n rhaid i rywun arwain."

"Rwyt ti'n dda am drefnu, Fflur," meddai Erin. "Beth amdanat ti?"

Edrychodd Fflur yn amheus. "Does dim pwrpas i rywun arwain os nad ydi pawb yn cytuno," meddai.

"Wel, pleidleisio, ynte?" meddai Ben.

"Syniad da," cytunodd Cochyn. "Oes 'na rywun arall eisio trefnu?"

Clywyd rhyw dipyn o gwyno o gyfeiriad Charlie Owen, ond ddaeth neb ymlaen.

"Iawn," meddai Cochyn. "Pawb sydd o blaid i Fflur drefnu, codwch law!"

Cododd y rhan fwyaf o bobl eu dwylo ar eu hunion. Cododd Llywela ei hysgwyddau, ond yna cododd hithau'i llaw hefyd.

"Pawb wedi pleidleisio?" gofynnodd Erin. Edrychodd ar Charlie a chododd yntau'i law hefyd. "Dyna ti, Fflur," meddai Erin. "Pob lwc iti!"

Edrychai Fflur yn fodlon iawn. "Diolch," meddai hi. "Beth am inni i gyd feddwl pa gymeriad hoffen ni fod ac fe wna i restr? Byddai hynny'n gychwyn da."

"Chwiorydd hyll!" bloeddiodd Ed a Ben efo'i gilydd.

"Dick Whittington," meddai Cochyn. "Mae gan fy chwaer gath fach glwt ddel. Ga i fenthyg honno."

"Ffion!" meddai Erin yn sydyn.

"Be?"

"Wn i!"

"Be?"

"Anghofia Macsen! Blodeuwedd ddylet ti fod!"

"Cymeriad *pantomeim*?" gofynnodd rhywun yn amheus.

"O fyd chwedlau," meddai Erin yn benderfynol. "Dyna ydi cymeriadau pantomeim, ynte?"

"Wel … ie," cytunodd amryw.

"'Sgynnoch chi well syniad?" mynnodd Erin, yn edrych arnyn nhw i gyd. "Fedrwch *chi* feddwl am gymeriad arall fyddai'n siwtio Ffion yn well?"

"Fedra i ddim," meddai Dan.

"Mae hi'n brydferth fel blodyn!" meddai rhywun.

Gwridodd Ffion.

"Syniad da, Erin," cytunodd pawb.

"Beth amdanat ti, Fflur?" gofynnodd Erin.

Roedd Ffion wrthi'n sgwennu hynny fedrai hi, yn gwneud rhestr o enwau a chymeriadau ar ddarn o bapur fel roedden nhw'n siarad. "O, wna i'r tro fel cynhyrchydd y pantomeim neu rywbeth," meddai hi.

"Gallai'r cymeriadau fod yn griw o actorion braidd yn anobeithiol," chwarddodd Ed. "Wedi'r cyfan, does neb ohonon ni'n fawr o actorion, nac oes?"

"Gwych!" cytunodd Fflur, yn dal ati i sgwennu fel fflamia. "Be dach chi'n feddwl?" gofynnodd i'r criw i gyd.

"Dwi'n meddwl y dylet ti wisgo fel Huwcyn ap Siôn Ifan," meddai Llywela. "Clipfwrdd yn dy law. Yn edrych fel petait ti mewn strach ond yn ymdrechu'n galed i ymddangos yn hamddenol braf."

Rhythodd Erin ar Llywela. Oedd hi o ddifri?

Syniad gwych! *Anhygoel* o wych!

Fflur wedi'i gwisgo fel pennaeth hen a phoblogaidd yr Adran Roc gyda'i gagla rasta brith! IE!

Huwcyn fyddai'n trefnu'r cyngherddau bob amser ac roedd Llywela'n iawn. Er ei fod yn gweithio'n galed iawn byddai golwg ddioglyd braf arno bob amser. Credai Erin y byddai Fflur yn wirioneddol ddoniol yn dynwared Huwcyn.

"Os wyt ti eisio rhywun i wisgo fel Huwcyn, fyddai hi ddim yn well dewis bachgen?" gofynnodd Fflur yn amheus.

"Na fyddai!" galwodd amryw o'r criw ar yr un gwynt.

"Fasa fo'n anfarwol 'taset ti'n g'neud," meddai Ed. "A fasa fo wrth ei fodd. Mae o'n gweld yr ochr ddoniol bob amser. Syniad gwych, Llywela!"

"A g'neud fy ngwallt yn gagla rasta?" meddai Fflur wrthyn nhw, yn cydio yn ei gwallt llyfn gan smalio'i amddiffyn. "Dim ffiars o beryg!"

"Paid â phoeni," meddai Ffion. "Dim ond ei blethu fo wnawn ni."

"Ac ychwanegu tipyn o dalc i'w droi o'n wallt brith," awgrymodd Dan.

Doedd Fflur ddim fel petai'n cymryd at hynny chwaith. Ond yna, chwarddodd. "Byddaf yn edrych yn hurt!" meddai hi.

"Wrth gwrs," meddai Erin yn frwdfrydig. "Dyna'r bwriad. Ni fydd y gorau, siŵr iawn! Ddangoswn ni i bawb y gallwn ni fod yn ddoniol ac o ddifri 'run pryd."

"Be am dy gymeriad di?" gofynnodd Fflur i Erin. "Wyt ti wedi penderfynu pwy wyt ti eisio bod?"

"Ddim yn bendant," meddai Erin.

"Wel, does gynnon ni ddim Ulw-Ela hyd yn hyn," meddai Fflur, yn rhedeg ei bys i lawr y rhestr. "Gei di fenthyg gwisg ardderchog gen i. Un wen efo darnau bach sglein drosti. A sgidiau arian gloyw hefyd."

"Iawn!" meddai Erin. Roedd hi wedi gweld y wisg yng nghwpwrdd dillad Fflur ac roedd hi'n fendigedig. Byddai'n teimlo'n wych yn ei gwisgo. "Diolch! Beth amdanat ti, Llywela?" ychwanegodd.

Cododd Llywela ei hysgwyddau. "Does gen i fawr i'w ddweud wrth yr actio a'r gwisgo 'ma," meddai.

"Ond mae'n rhaid iti!" meddai Cochyn. "Dwyt ti ddim eisio bod yn wahanol i bawb!"

"Wel, gallwn fod yn llysfam gas Eira Wen, debyg," meddai hi wrtho.

"Ond hen gymeriad annifyr ofnadwy ydi honno," protestiodd Ffion.

"Dim gwaeth na'r ddwy chwaer hyll," meddai Llywela. "Ac mae'r rhan fwyaf o'r dillad gen i yn barod: byddai du a phorffor yn lliwiau addas iawn ar ei chyfer hi."

"Digon teg," meddai Fflur, yn edrych ar ddillad Llywela. "Mi wyt ti'n gwisgo du yn aml." Ysgrifennodd enw cymeriad Llywela i lawr a rhoi llinell o dan y cyfan. "Dwi'n meddwl ein bod ni wedi gwneud popeth allwn ni am rŵan," ychwanegodd. "Mae'n rhaid inni i gyd feddwl ynghylch ein dillad a phenderfynu ar ein perfformiadau cerddorol unigol. Dyna ran bwysicaf y cyngerdd o hyd. Unwaith y bydd pawb yn gwybod beth maen nhw'n ei 'neud, cawn gyfarfod arall i osod popeth mewn trefn efo pytiau i gysylltu'r cyfan. Oes gan rywun rywbeth arall i'w ddweud cyn inni orffen?"

"Mae gen i awgrym," meddai Ben. "Wn i fod yn rhaid inni ddweud wrth Huwcyn ap be ydi'n thema ni, ond pam na chadwn ni gymeriad Fflur yn gyfrinach? Byddai'n andros o syndod iddo – ac yn fwy o hwyl!"

"Gwych!" cytunodd Ed. "Bydd wrth ei fodd!"

"Dach chi'n siŵr na fydd o ddim yn flin?" gofynnodd Ffion.

"Callia!" meddai Charlie. "Un garw am hwyl ydi o."

"Iawn," cytunodd Fflur. "Neb i sôn yr un gair. Beth am gyfarfod arall yn fuan? Does dim amser i'w golli."

Cytunodd pawb â hynny a dyna ddiwedd y cyfarfod. Helpodd pawb i roi'r byrddau yn ôl yn eu lle.

"Bydd y cyngerdd yma'n andros o hwyl," meddai Erin wrth Ffion.

"Bydd," cytunodd Ffion. "Dim ond i Fflur beidio mynd yn ormod o feistres wrth drefnu'r cyfan!"

"Bydd hi'n iawn, debyg," meddai Erin wrthi. "Paid â phoeni. Mae rhywun yn siŵr o weiddi arni os aiff hi dros ben llestri."

"O!" meddai Ffion, yn gorchuddio'i hwyneb â'i dwylo. "Dwi newydd feddwl rhywbeth ofnadwy!"

"Be?" gofynnodd Erin yn bryderus.

"Wel, mae Fflur a fi bob amser yn canu efo'n gilydd."

"Ydach."

Gobaith mawr Fflur a Ffion oedd dod mor llwyddiannus yn y byd pop ag yr oedden nhw fel modelau, gan fanteisio ar y ffaith eu bod yn efeilliaid 'run ffunud â'i gilydd ac yn brydferth iawn. Felly roedden nhw bob amser yn canu deuawd.

"Wel, sut medrwn ni berfformio efo'n gilydd yn y cyngerdd, fi fel Blodeuwedd a Fflur fel Huwcyn ap Siôn Ifan?"

Rhythodd Erin ar ei ffrind am funud. Roedd hyd yn oed meddwl am y peth yn ddoniol. Dechreuodd chwerthin.

"Dydi o ddim yn ddoniol, Erin," meddai Ffion. "Rwyt ti'n gwybod yn iawn mor bwysig ydi pob cyngerdd. Bydd marciau am ein perfformiad hyd yn oed os ydi hwn yn fath gwahanol o gynhyrchiad."

Ymdrechodd Erin yn galed i atal ei hun rhag chwerthin ynghylch Fflur yn ceisio bod yn rhan o Fflur a Ffion a hithau'n dal wedi'i gwisgo fel Huwcyn ap Siôn Ifan. "Paid â phoeni," meddai. "Dwi'n siŵr y bydd Mr Parri yn dy helpu di i ddewis cân addas." Cofleidiodd Ffion. "A dweud y gwir, unwaith y byddwch chi wedi dechrau canu, bydd eich proffe-siynolrwydd chi'n eich cario ymlaen," ychwanegodd yn fwy difrifol. "Mae cerddoriaeth yn bwysicach i bob un ohonon ni nag unrhyw ddillad hurt y byddwn ni'n eu gwisgo."

"Dim ond gobeithio y bydd ein hathrawon yn gweld hynny hefyd," meddai Ffion yn bryderus.

"Byddan siŵr iawn," cysurodd Erin hi. "Maen nhw i gyd yn gwybod gymaint o ddifri ydi Fflur ynghylch ei gyrfa ac wedi'r cyfan hi fydd yn gwisgo'r dillad hurt. Dim ond rhyw dipyn o flodau fydd gen ti."

"Mae hynny'n wir," cytunodd Ffion, yn edrych yn fwy bodlon o lawer.

"A beth bynnag," ychwanegodd Erin. "Gallai Fflur newid ei dillad yn gyflym cyn i chi'ch dwy ganu. Byddwch yn iawn. Dwi'n siŵr. Gawn ni gyngerdd gwerth chweil, gei di weld!"

***

3. Athro Blinedig

Ar ôl ysgol, aeth Erin a Ffion efo Fflur i ddweud wrth Huwcyn ap Siôn Ifan beth oedd syniad eu dosbarth ar gyfer thema'r Nadolig. Oherwydd mai cantorion pop oedden nhw i gyd, doedd 'run o'r genethod yn cael gwersi gyda phennaeth yr Adran Roc. Ond gan mai Huwcyn fyddai'n trefnu prif gyngherddau'r ysgol, roedden nhw'n ei adnabod yn bur dda. Fo oedd hoff athro Erin oherwydd iddo fod yn garedig iawn wrthi, wedi'i thawelu a'i chysuro pan welodd o hi'n beichio crio ar y diwrnod y daeth hi i'r ysgol am gyfweliad.

Roedd Huwcyn yn ei swyddfa, yn brwydro gyda'r mynydd o waith papur oedd ar ei ddesg a thros y llawr bob amser. Fel arfer, byddai miwsig y felan – y *blues* – yn chwarae'n dawel yn y cefndir tra byddai'n gweithio, ond heddiw roedd y chwaraewr CD yn fud. Sylwodd Erin ar ei hunion fod golwg lipa iawn arno.

"Dowch i mewn, genod. Dowch i mewn," croesawodd nhw. "Be dach chi eisio?" gofynnodd, yn tynnu'i law yn flinedig dros ei wyneb. "Wedi dod i roi help llaw imi efo'r rhain?" Gwenodd yn gam a chwifio'i law dros y papurau.

"Wedi dod i sôn am ein thema ar gyfer y cyngerdd dan ni," meddai Fflur.

"Da iawn," canmolodd. "Chi ydi'r cyntaf. Felly, dowch 'laen. Be sy gynnoch chi dan eich het?"

Eglurodd Fflur eu syniad o wisgo fel cymeriadau pantomeim a oedd am fod yn gantorion a cherddorion talentog. "Bydd y cymeriadau'n trafod y perfformiadau sy'n cael eu disgrifio ar boster," meddai hi wrtho. "Felly, er enghraifft, gallai cymeriad Erin, Ulw-Ela, ddweud rhywbeth tebyg i – *Dymunaf fedru canu fel Erin Elis*! Yna byddai hi'n canu ei chân i'r gweddill. Roedden ni'n gobeithio y byddai hynny'n ddigon i dynnu'n perfformiadau ni i gyd at ei gilydd."

"Syniad da iawn," meddai Huwcyn. "Clyfar, hefyd. Mae'n golygu y gallwch chi ddewis pwy bynnag dach chi eisio i berfformio gan mai'r cymeriadau fydd yn cynnig y thema nid y miwsig. Ro'n i wedi bod yn meddwl sut y byddai'r myfyrwyr yn llwyddo i asio'u perfformiadau ar un thema. Dach chi wedi datrys hynny'n hwylus iawn!"

"Diolch yn fawr!" meddai Erin a Fflur ar yr un gwynt.

"Edrycha i 'mlaen i weld y ddolen gyswllt rhwng pob act," meddai Huwcyn. "Gobeithio y cewch chi dipyn o hwyl yn eu g'neud nhw."

"O! Cawn!" meddai Fflur, yn wên o glust i glust. Rhoddodd Ffion bwniad slei i'w chwaer, ond gwenodd Fflur fwy fyth. "Gawn ni wybod be fydd y wobr?" gofynnodd iddo.

"Meddwl mynd â'r dosbarth efo'r thema orau allan am bizza tymor nesa oeddwn i," meddai wrthi.

"Wwww!" meddai Erin.

"Diolch mai ysgol fechan ydi hon," meddai Fflur. "Petai'n dosbarthiadau ni'n fwy, byddai gwobr fel yna'n costio ffortiwn i chi!"

"Byddai wir," cytunodd Huwcyn ap Siôn Ifan gan edrych ar y pentwr o bapurau ar ei ddesg. "Well imi ddal ati," meddai. "Diolch i chi am ddod mor brydlon.

Dwi'n meddwl ei fod yn syniad da ac mi wna i nodyn ohono. Rŵan, esgusodwch fi os gwelwch yn dda ... "

Edrychodd yn awgrymog wedyn ar y pentwr a deallodd Fflur. Brysiodd i ddweud, "Ie, mae'n rhaid inni fynd."

Wedi mynd allan o'r Adran Roc, cododd Fflur ei dwrn i'r awyr yn fuddugoliaethus. "Y cyntaf i fynd i'w weld o!" broliodd. "Ein rhan ni o'r cyngerdd fydd y gorau, gewch chi weld. Gurwn ni bawb arall. Gewch chi weld!"

"Ro'n i ofni dy fod ti'n mynd i roi dy droed ynddi ynghylch dy ran di," meddai Ffion.

"Nac oeddwn, siŵr!" meddai Fflur. "Dyna'n cyfrinach arbennig ni!"

"Oeddech chi'n gweld golwg flinedig ar Huwcyn?" gofynnodd Erin, fel roedden nhw ar eu ffordd yn ôl i'w hystafell i ymlacio cyn cael te.

"Oeddwn braidd," cytunodd Ffion.

"Ro'n i'n meddwl ei fod yn edrych yn flinedig *ofnadwy*," mynnodd Erin. "Mae o bownd o fod cyn hyned â fy nhaid i, ond mae Taid wedi ymddeol ac mae gan Huwcyn *domen* o waith i'w 'neud drwy'r adeg. Gobeithio ei fod o'n iawn."

"Ydi siŵr," cysurodd Ffion hi.

"Mae o wedi arfer," meddai Fflur yn ddidaro. "Mae rhywun fel Huwcyn *yn byw* er mwyn cerddoriaeth a'r ysgol yma."

Cyrhaeddodd y genethod at eu drws a lluchiodd Fflur o ar agor fel y byddai'n gwneud mor aml. Dyrnodd y drws yn galed yn erbyn cwpwrdd a gwenodd hithau. "Mae pobl fel fo," ychwanegodd gan anwybyddu Llywela'n edrych yn stowt ddifirifol arni o ochr arall yr ystafell, "yn dal ati am byth."

"Paid â g'neud hynna, Fflur!" dwrdiodd Llywela, yn edrych yn fygythiol arni. "A phwy sydd yn dal ati am byth?"

Yn fwriadol, gwnaeth Fflur sioe fawr o gau'r drws yn eithriadol o ddistaw ac eisteddodd ar ei gwely. "Huwcyn ap Siôn Ifan," eglurodd. "Dan ni newydd fod yn ei weld o ac roedd Erin yn meddwl ei fod yn edrych yn flinedig ond ddwedais i –"

"Ydi, mae o wedi blino," torrodd Llywela ar ei thraws. Roedd hi'n adnabod Huwcyn yn well na'r genethod eraill gan mai cerddor roc oedd hi ac yn cael gwersi ganddo. "Dwedodd o wrtha i y diwrnod o'r blaen ei fod o bob amser wedi ymlâdd yn nhymor yr Hydref oherwydd fod cymaint o waith trefnu ar gyfer myfyrwr newydd – archebu pob math o offerynnau a phethau, a'r rheini byth yn cyrraedd mewn pryd, a gorfod trefnu'r Cyngerdd Nadolig a'r arholiadau cerdd a phob math o bethau eraill ar ben hynny. Ac mae pobl fel chi yn ychwanegu at ei waith drwy ei boeni."

"Doedden ni ddim yn ei boeni," meddai Erin. "Dim ond mynd i ddweud wrtho be fydd ein thema."

"A ni oedd y cyntaf!" meddai Fflur.

"Syniad gwych, meddai fo," ychwanegodd Ffion.

"Wir?" meddai Llywela, yn edrych fel petai wedi'i phlesio. "Da iawn. Ddwedaist ti ddim byd am dy fod ti'n mynd i smalio bod yn fo, naddo?"

"Naddo!" meddai Fflur. "Naddo siŵr iawn. Fe gytunon ni na ddyliwn i. Fydda i angen meddwl be i wisgo," ychwanegodd. "Bydd raid i bawb."

"Dwi wedi bod yn meddwl am hynny," meddai Ffion wrth Fflur. "Rwyt ti a fi yn mynd i edrych braidd yn od yn canu deuawd ac yn dal i wisgo'r dillad gwahanol."

"A fi," meddai Llywela. "Be am fy mand i? Llysfam Eira Wen, dwy chwaer hyll a Siôn Blewyn Coch!"

"Beth petai ..." meddai Ffion.

"Ond rocio fyddwch chi o hyd," meddai Erin wrth Llywela. "Rocio go iawn. Mae'ch miwsig chi'n ddigon cryf i'ch cario chi ymlaen, waeth pa ddillad doniol fyddwch chi'n wisgo. Ond Ffion fel Blodeuwedd yn canu efo Fflur wedi'i gwisgo fel Huwcyn – dydi hynny ddim yn hawdd."

"Dim problem," meddai Fflur. "Os na fydd pethau'n gweithio efo fi mewn dillad actio, alla i newid. Cofia ein bod ni'n dwy wedi arfer newid yn sydyn. Mae'n rhaid inni newid ar wib fawr bob amser mewn sioe ffasiwn. Gofalu cadw popeth mewn trefn ydi'r gyfrinach."

"Mae'n debyg y gallet ti wisgo pethau sy'n hawdd i'w tynnu," cytunodd Erin. "Mae'r ffrog laes werdd yna sydd gen ti'n grand iawn ac mae'n mynd dros dy ben di'n hawdd."

"Byddai honno'n berffaith," cytunodd Ffion. "Mae gen i un hefyd, felly fydden ni'n dwy yn edrych 'run fath. Allwn i wisgo torch o flodau ffug ar fy mhen a siôl flodeuog dros f'ysgwyddau."

"Gwych!"meddai Erin. "Ond beth am dy wallt di, Fflur? Fydd gen ti ddim amser i gribo'r plethi allan nac i gael gwared â'r powdr gwyn chwaith."

"Gallai hynny fod yn dipyn o broblem," meddai Fflur yn ddoeth gan ddynwared Huwcyn ap Siôn Ifan, yn union fel y byddai'n ei ddweud wrth drefnu pethau. Chwarddodd y genethod eraill.

"Dim ond rhoi awgrym o'i gagla rasta fydd raid iti, Fflur," meddai Erin. "Bydd *pawb* yn gwybod pwy wyt ti'n ei ddynwared pan fyddi di'n siarad fel yna. Beth am wneud plethi efo edafedd llwyd a'u rhoi'n sownd ar dy ben di?"

"Syniad da," meddai Fflur. "Mae hynny'n datrys problem y talc hefyd."

"Wn i!" meddai Ffion. "Ti'n cofio'r sioe ffasiwn 'na wnaethon ni pan blethon nhw'n gwalltiau ni a'u codi'n bentwr ar y corun? Ella y medren ni 'neud rhywbeth tebyg."

"Iawn," cytunodd Fflur. "Petai gen i gagla rasta ffug yn barod, y cyfan fyddai'n rhaid imi ei 'neud fyddai lluchio'r wig o'r neilltu a chodi fy mhlethi.

Baswn 'run fath â chdi wedyn."

"Wedi imi dynnu'r blodau, wrth gwrs," meddai Ffion. "A byddai hynny'n hawdd."

"Gan eich bod chi'ch dwy yn gwisgo mor grand, buan iawn y byddai pawb wedi anghofio mai Huwcyn oedd Fflur ychydig funudau ynghynt," ychwanegodd Erin. "Gallwn i roi help llaw iti newid dy ddillad ac i drin dy wallt."

"Diolch," gwenodd Fflur. "Bydd hi braidd yn wyllt arnon ni, ond yn hwyl."

"Cwbl wallgo! Hollol honco!" meddai Erin. "Gawn ni andros o hwyl!"

4. Ymarfer

"Ddwedaist ti mai Ulw-Ela fyddi di yn y cyngerdd Nadolig?" meddai Mr Parri fel roedd Erin yn cyrraedd i gael ei gwers ganu un-i-un gydag o ychydig ddyddiau yn ddiweddarach.

"Do," meddai hi. "Pam?"

"Wel, mae gen i'r gân berffaith ar dy gyfer di," meddai, yn edrych yn fodlon iawn efo'i hun. "Mae'n sôn am golli cariad a gobaith am y dyfodol." Edrychodd arni a gwenodd. "Ella dy fod ti braidd yn ifanc i fod wedi cael y profiad o golli cariad ond dwi'n sicr y medri di roi cryn deimlad i obeithio am y dyfodol!"

Gwridodd Erin. "Wna i 'ngorau glas," addawodd.

"Iawn. Dyma'r geiriau." Rhoddodd Mr Parri ddarn o bapur ar ben y piano er mwyn iddi weld y geiriau y byddai'n eu canu. "Darllen di drwyddyn nhw ac yna fe chwaraea i'r alaw ac fe gawn ni weld be wyt ti'n feddwl."

"Dwi'n hoffi'r geiriau," meddai Erin. "Maen nhw'n hyfryd. Pwy recordiodd y gân? Ydw i'n gwybod amdanyn nhw?"

Gwridodd Mr Parri braidd. "Fi," cyfaddefodd. "Wnaeth hi'n eitha da ar y pryd."

"Waw!" meddai Erin. "Bydd raid imi ddweud wrth Mam. Mae'ch gwaith chi i gyd ganddi hi. Gaiff hi wrando ar eich fersiwn chi cyn clywed f'un i!"

"Wel, gad inni weld wyt ti'n hoffi'r alaw i ddechrau," awgrymodd Mr Parri yn frysiog. "Os nad wyt ti, allwn ni ddewis rhywbeth arall."

Ond roedd Erin wrth ei bodd efo'r alaw. I ddechrau, chwaraeodd Mr Parri hi yn union fel roedd o'n meddwl y dylai Erin ei chanu, yna fe wnaeth hi ei berswadio i chwarae'r gân fel roedd o wedi'i recordio hi erstalwm.

"Bryd hynny roedd caneuon rhamantaidd efo nodau hir, estynedig yn y ffasiwn," eglurodd. "Ond mae mwy o gic o lawer yn y ffordd dwi'n ei g'neud hi rŵan. Be wyt ti'n feddwl?"

"'Swn i'n hoffi rhoi cynnig arni," meddai Erin yn frwdfrydig. "Mae yna newid cyweirnod diddorol iawn ynddi hi a dwi wrth fy modd yn newid cyweirnod mewn caneuon."

"Iawn! Rown ni gynnig arni felly," meddai Mr Parri. "Mae'r newid cyweirnod yn cyflwyno'r newid teimlad sy yn y gân a dwi'n meddwl mai dyna pryd y gelli di wir ddangos be fedri di ei 'neud." Chwaraeodd ychydig fariau gydag Erin yn canu efo fo.

"Dyna ni." Nodiodd. "Cadw'n ysgafn ar y dechrau. Dydan ni ddim angen sŵn ffidil sgubol fel roedd gen i yn fy fersiwn i. Rŵan, cryfhau yn y darn yma. Da iawn!"

"Dwi'n ei hoffi hi'n ofndwy," meddai Erin yn frwdfrydig wedi iddi ddod i ddiwedd y gân. "A bydd Mam wedi gwirioni!"

"Iawn!" chwarddodd Mr Parri. "Wel, ro i'r trefniant yma ar CD iti'n nes ymlaen a gei di roi cynnig arni yn ystod y dyddiau nesa. Dyna'r cyfan am y tro. Gobeithio y cei di hwyl efo hi."

"O, caf," meddai Erin.

Brysiodd o ystafell Mr Parri gan anelu tuag at un

o'r ystafelloedd ymarfer mawr yn seler y prif adeilad. Roedd Fflur wedi ei llogi ar gyfer ymarfer cyntaf eu sioe a doedd Erin ddim eisiau bod yn hwyr. Cyrhaeddodd i weld Cochyn a Charlie yn lluchio cath glwt yn ôl ac ymlaen dros ben Fflur, tra oedd hi'n ceisio trefnu'r perfformiadau.

"Maen nhw'n gymaint o *boen yn y pen-ôl!*" cwynodd Fflur pan ymunodd Erin â hi. Saethodd y gath heibio'i chlust a gwyrodd i'w hosgoi. "Dyma fi'n ceisio cael trefn ar bethau a nhwythau'n g'neud dim byd ond cadw reiat!"

"Dim byd i'w 'neud sy ganddyn nhw," meddai Erin. "Dyna pam maen nhw'n camfyhafio. Pam na roi di rywbeth iddyn nhw'i 'neud?"

"Iawn," ochneidiodd Fflur. "Mae'n debyg dy fod ti'n iawn. Cochyn!" bloeddiodd.

"Be?" bloeddiodd yn ôl.

"Ty'd yma am funud."

Lluchiodd Cochyn y gath yn ôl i Charlie a daeth at Fflur ac Erin.

"Fedri di hel pawb at ei gilydd?" gofynnodd iddo. "Dwi wedi g'neud rhestr o'r eitemau. Dwi'm yn siŵr ydyn nhw yn y drefn iawn chwaith."

"Fi ydi'r cyntaf!" meddai Cochyn, yn edrych ar y rhestr ac yn swnio'n falch iawn.

Lluchiodd Charlie y tegan meddal yn ôl at Cochyn gan ei daro ar ei ben. Cododd Cochyn hi a'i roi dan ei gesail heb ddweud dim byd. "Dowch 'laen," meddai wrth bawb. "Rhowch gorau i chwarae'n wirion inni gael dechrau arni. Dyma'r drefn … "

Gwenodd Fflur ac Erin ar ei gilydd.

Yn fuan iawn roedden nhw wedi trefnu eu thema. Cochyn fel Dick Whittington oedd gyntaf. Roedd o'n gweld poster Plas Dolwen ac yn ei ddangos i weddill y cymeriadau, oedd wrthi'n ymarfer pantomeim newydd. Brawddeg neu ddwy oedd angen gan y cymeriadau i sefydlu eu bod nhw i gyd eisiau bod mor gerddorol â myfyrwyr Plas Dolwen. Yna roedd Fflur yn dod ymlaen fel Huwcyn ap Siôn Ifan i ddweud wrthyn nhw i gyd am fynd yn ôl i ddal ati i ymarfer. Chwarddodd pawb pan oedd Fflur yn dynwared yr athro hyd yn oed heb wisgo'n debyg i Huwcyn ap Siôn.

"Byddai'n ddoniol ddychrynllyd petai *Cochyn* yn chwarae rhan Huwcyn," chwarddodd Erin. "Ond mae o bob amser yn chwarae'n wirion. Mae Fflur yn ei 'neud o'n anfarwol gan fod hynny mor annisgwyl!"

Doedd Dan ddim yn rhyw fodlon iawn pan ddaethon nhw at y rhan ddymuno. "Ddylen ni gael rhywbeth i helpu'r dymuno," cwynodd. "Fel lamp Aladin."

"Does gynnon i ddim lamp," meddai Fflur wrtho. "Bydd raid iti ddychymygu rhywbeth."

"Dwi'n meddwl …" meddai Erin yn araf ac yn feddylgar.

"Be?" gofynnodd y lleill.

"Wn i! Drych! Drych hud!"

"Be ti'n feddwl?"

"G'neud drych hud! Yr unig beth fydden ni ei angen fyddai rhywbeth fel ffrâm drws gwag efo defnydd arian gloyw yn hongian i lawr. Sefyll o'i flaen i ddymuno a rhywun yn rhoi meic, neu gitâr – neu beth bynnag sydd ei angen – drwy'r ffrâm – fel hud a ledrith!"

"Gallai hynny weithio'n dda," cytunodd Ed.

Safodd yn ei unfan yn dal ei law allan gan edrych yn freuddwydiol: "Dymunaf gael *Fender Stratocaster.* Dyna'r gitâr dwi eisio."

Rhoddodd Dan gynnig arni. "Dymunaf gael drymiau newydd *Pearl Masters* ac am fedru chwarae cystal â Charli Britton," meddai'n angerddol, fel petai'n meddwl pob gair.

"Iawn! Mae pawb yn deall!" meddai Fflur. "Ac mae'n syniad ardderchog .O ble rwyt ti'n cael dy holl syniadau gwych, Erin?"

"Dwn i ddim," atebodd Erin. "Doedd gen i ddim un ar y cychwyn, ond rŵan maen nhw'n sboncio i 'mhen o bobman!"

"Wel dal ati," gwenodd Dan.

"Wna i 'ngorau!" addawodd Erin.

Fedren nhw ddim gwneud fawr mwy oherwydd ei bod hi bron yn amser te. Yn ddiweddarach, byddai'n rhaid iddyn nhw fynd yn ôl i'w tai i wneud eu gwaith cartref.

"Dowch inni gyfarfod yn hwyrach yn yr wythnos," awgrymodd Erin ac fe gytunodd pawb ar unwaith.

*   *   *

Y noson honno tra oedden nhw i gyd yn paratoi i fynd i'w gwelyau, er mawr syndod i Erin, cafodd ganmoliaeth gan Llywela. Ond Llywela oedd Llywela, ac felly roedd y ganmoliaeth yn un chwithig braidd.

"Un ar y naw wyt ti, Erin Elis," meddai hi fel roedd Erin yn glanhau'i dannedd.

"Be ti'n feddwl?" gofynnodd Erin.

"Wel, doedd gen i fawr o feddwl ohonot ti pan wnes i dy gyfarfod di gyntaf," meddai Llywela. "Ond mae gen ti lais da, a digon yn dy ben hefyd."

Wyddai Erin ddim beth i'w ddweud. Felly ddywedodd hi ddim byd, dim ond meddwl, trueni fod canmoliaeth gan Llywela bob amser yn swnio fel sarhâd.

"Syniad ardderchog ydi'r drych 'na," meddai Fflur pan aeth Erin yn ôl i'r llofft. "Mae hyd yn oed y bechgyn yn cytuno."

"Mae yna un broblem o hyd," meddai Fflur, yn mynd i'w gwely. "Mae'n rhaid inni ddatrys sut mae Ffion, fel Blodeuwedd, yn sydyn yn cael efaill pan fyddwn ni'n canu'n cân. Bydd yn edrych yn od pan fydda i'n rhuthro i mewn i fod yn hanner arall deuawd Fflur a Ffion."

"Pam na allwn ni ddefnyddio'r drych ar gyfer hynny hefyd?" meddai Erin.

"Be ti'n feddwl?" gofynnodd Ffion.

"Wel, petaen ni'n tynnu'r defnydd arian i ffwrdd pan fyddi di'n edrych i mewn i'r drych – ar ôl tynnu'r blodau – a gallai Fflur fod yn sefyll yno fel adlewyrchiad i ti," eglurodd Erin. "A canu'ch deuawd fel petaech chi'n un person yn cael ei adlewyrchu yn y drych."

Rhythodd Fflur a Ffion ar ei gilydd. "Mae hynna'n syniad *anhygoel*," meddai Fflur yn swnio fel petai'n methu'n glir â chredu'r fath beth. "Byddai'n ddiwedd bendigedig i'n rhan ni o'r sioe. Hud a lledrith go iawn! Gwych!"

"Ddwedais i ei bod hi'n beniog, yn do?" meddai Llywela, yn swnio'n hynod o falch ohoni'i hun.

"Dwi'n falch eich bod chi'n hoffi'r syniad," meddai Erin yn fodlon, gan swatio o dan y dwfe i gysgu.

5. Anrheg Hael

Yn yr ymarfer nesaf, roedd Fflur ac Erin wrthi'n egluro syniad Erin ynghylch diweddglo'u perfformiad pan gyrhaeddodd Cochyn a Charlie. Roedden nhw'n cario rhywbeth tebyg i bentwr o hen lenni ac roedd y ddau yn wên o glust i glust. Ond roedd Fflur yn flin eu bod nhw'n hwyr.

"Bydd raid ichi ofyn i Dan neu rywun i egluro syniad Erin am y diweddglo yn nes ymlaen," meddai hi'n ddiamynedd. "Does dim amser rŵan." Syllodd fel roedd y ddau fachgen yn gollwng eu bwndelau ar y llawr gan gilwenu ar ei gilydd. "Be ydi'r rheina?" gofynnodd pan ddaeth yn amlwg nad oedden nhw'n mynd i gynnig unrhyw eglurhâd.

"Diolch i anrheg gan f'yncl Bob, mae Charlie a fi am newid ein cymeriadau," cyhoeddodd Cochyn yn wên i gyd.

"Be?"

Nid Fflur oedd yr unig un i edrych yn syn.

"Fedrwch chi ddim!" meddai Erin wrthyn nhw. "Dan ni i gyd wedi cytuno ac mae Fflur wedi sgwennu'r pytiau i gysylltu pob act. Pam dach chi eisio newid beth bynnag?"

Gwenodd Cochyn fwy fyth a chwarddodd Charlie.

"Aros di iti gael gweld be mae Yncl Bob wedi ei anfon i mi!" meddai Cochyn wrth Fflur, yn anwybyddu pryder Erin. "Mae'n wych! Dan ni *bownd* o ennill y wobr!" Plygodd i lawr a dechrau rhoi trefn ar y defnydd ar y llawr.

Plethodd Fflur ei breichiau ac ochneidio.

"Gad hwnna am funud!" crefodd arno. "Dan ni angen …"

Tawodd a rhythu ar Charlie. Gwisgai bâr o byjamas anferth yn sbotiau i gyd amdano tra oedd Cochyn yn dadorchuddio pen ceffyl mawr a oedd yn sownd wrth ragor o'r un defnydd sbotlyd. Cododd ton o chwerthin wrth i bawb wylio'r bechgyn.

"Ceffyl pantomeim ydi o!" gwaeddodd Erin, fel

roedd Cochyn yn camu i'r traed blaen ac yn gwisgo'r pen. Aeth i helpu'r bechgyn i ddal y defnydd yn ei le. Yna, plygodd Charlie drosodd. Cydiodd yng ngwasg Cochyn. A dyna lle safai'r ceffyl pantomeim perffaith!

"Gwych!" chwarddodd Fflur wrth i'r bechgyn geisio symud yn eu gwisg. A doedd hi ddim yn hawdd i'r ddau gyd-symud chwaith.

"Pwy ond Cochyn fyddai wedi gallu cael gafael ar geffyl pantomeim!" meddai Llywela fel roedd y bechgyn yn hercio o gwmpas, yn baglu ar draws traed ei gilydd ac yn taro'n erbyn pawb.

"Wyt ti'n ei hoffi o, Fflur?" gofynnodd Cochyn wedi iddo dynnu'r pen ceffyl a rhoi'r gorau i gadw reiat.

"Ydw siŵr iawn!" chwarddodd Fflur. "Mae o'n wych! Ond dwn i ddim sut dach chi'n mynd i berfformio ynddo fo chwaith."

"Paid ti â phoeni. Feddyliwn ni am rywbeth," sicrhaodd Cochyn hi. "Gallwn gynllunio dawns i'r ceffyl a chael Jac yn berchennog arna i. 'Sgen ti awydd g'neud rhywbeth fel'na, Jac?" gofynnodd i fachgen eiddil yr olwg oedd hefyd yn ddawnsiwr gwych.

Gloywodd llygaid Jac ar unwaith.

"Oes siŵr!" meddai'n frwdfrydig. "Ella y gallen ni wneud dawns fer heb y wisg, ond efo miwsig clip-cloplyd ac yna'i chysylltu efo ychydig o symudiadau pan fyddwch chi i mewn yn y dillad ceffyl."

"Dylai hynny weithio'n dda!" cytunodd Cochyn.

"Beth amdana i?" gofynnodd Charlie, yn camu draw oddi wrth Cochyn ac yn dod allan o ben ôl y wisg a'i wallt dros ei ddannedd.

"Wel, dan ni ddim eisio ichi dynnu'r ceffyl oddi wrth ei gilydd ar y llwyfan," meddai Fflur yn bendant. "Drycha arnat ti – byddai hynna'n difetha'r cyfan!"

"Beth am imi ddymuno dros Charlie," cynigodd Jac. "Dweud rhywbeth fel: 'Dwi'n siŵr mai dymuniad y ceffyl yna ydi medru chwarae'r drymiau fel Charlie Owen'."

"Dyna ni!" cytunodd Erin. "Yna, petait ti'n mynd â'r ceffyl hanner oddi ar y llwyfan wysg ei gefn, byddai'n dal i edrych fel ceffyl cyfan tra byddai Charlie'n dod allan ac yn mynd i chwarae'i ddarn."

"Byddai hynny'n gweithio'n iawn," meddai Cochyn.

"Ardderchog!" meddai Fflur. "Dyna hynna wedi'i setlo."

"Dwyt ti ddim yn disgwyl i fy rhan i o'r ceffyl ddawnsio, nac wyt?" gofynnodd Charlie. "Faswn i'n dda i ddim 'sti. Gas gen i ddawnsio."

"Popeth yn iawn," meddai Cochyn. "Bydd yn ddoniolach fyth os bydd pen blaen y ceffyl yn dawnsio'n ardderchog a'r pen ôl yn ddi-glem."

"Diolch yn dalpia!" cwynodd Charlie gan chwerthin.

Wrth i amryw grefu am gael cyfle i wisgo'r siwt geffyl, sylweddolodd Erin na fyddai neb yn gallu canolbwyntio o hynny ymlaen. Yn amlwg, fyddai dim rhagor o waith yn cael ei wneud y diwrnod hwnnw.

"Dim ots," meddai wrth Fflur. "Gawn ni ymarfer arall pan fydd pobl wedi dod i arfer efo'r ceffyl pantomeim yn y cyngerdd. Bydd yn wych!"

"Bydd," cytunodd Fflur. "A fedra i newid rhai o'r pytiau cyswllt i gynnwys y ceffyl."

"Wyt ti eisio help?" cynigodd Erin.

"Fyddwn ni ddim chwinc os gweithiwn ni efo'n gilydd," meddai Ffion. "A bydd y geiriau newydd yn barod i'w rhoi i bawb yn yr ymarfer nesa."

Roedd Fflur yn ddiolchgar iawn. "Dowch i gael te," meddai wrth y ddwy. "Dwi ar lwgu ar ôl yr holl chwerthin!"

Fel roedden nhw'n mynd i'r stafell fwyta, daeth geneth hŷn i'w cyfarfod gyda rhai o'i ffrindiau. "Haia," meddai hi wrth Erin. "Sut mae pethau'n mynd?"

"Iawn, diolch," meddai Erin, yn teimlo'n falch. Roedd hi wedi cyfarfod Ayesha yng nghyngerdd Sêr y Dyfodol ar ddiwedd y tymor cynt ac roedd yn braf iawn cael sylw gan fyfyriwr hŷn. Gwenodd Erin ac roedd hi am fynd yn ei blaen, ond cydiodd yr eneth yn ei llawes.

"Mae si yn mynd o gwmpas fod rhywun yn dy ddosbarth di am fynd â mul ar lwyfan y cyngerdd," meddai hi wrth Erin. "Ydach chi'n g'neud drama'r geni?"

"Nac ydan!" meddai Erin yn syn, ei meddwl yn carlamu ymlaen. "Dim o gwbl. Mae gynnon ni –"

Pwniodd Fflur hi yn ei hochr. Tawodd y munud hwnnw.

"Be?" holodd Ayesha'n fusneslyd.

"O ... mae gynnon ni syniad gwahanol," gorffennodd Erin yn gloff.

Edrychodd Ayesha yn siomedig. "Wel, dydi be dan ni'n 'neud ddim yn gyfrinach," meddai hi wrth Erin. "Mae fy nosbarth i'n perfformio'r caneuon Nadolig fu'n rhif un yn y siartiau. Syniad lloerig yn fy marn i. Ond be wnei di?" Cododd ei hysgwyddau a gwenodd ar Erin. "Dwi'n sâl eisio gweld be dach chi'n 'neud, os ydi o'n gymaint o gyfrinach! Hwyl fawr ichi!"

Gwyliodd Erin hi'n mynd allan o'r stafell fwyta.

"Sut ar wyneb y ddaear y dechreuodd y si yna mor handi?" gofynnodd Fflur. "Newydd glywed am y ceffyl rydan ni!"

"Cochyn mae'n debyg!" chwarddodd Erin. "Yn methu cau'i geg ac wedi rhoi awgrym i hwn a llall cyn dod i'r ymarfer. "Ti'n gwybod fel mae hi yma – mae pob stori'n rhedeg fel tân gwyllt rownd y lle cyn iti droi!"

6. Ar Garlam

Tra oedd ymarferion yn digwydd bob hyn a hyn mewn ystafelloedd bychain ar y cyrion, roedd yn ddigon hawdd cadw'r rhan fwyaf o'u syniadau'n gyfrinach. Roedd Fflur hyd yn oed wedi gobeithio cadw'r ceffyl pantomeim yn gyfrinach hefyd, ond doedd dim gobaith cuddio hwnnw. Roedd hi wedi ceisio perswadio'r bechgyn i guddio'r wisg pan oedden nhw'n mynd a dod o'r ymarferion, ond roedd hynny'n amhosib. Roedd y sylw'n amharu ar bawb.

"Bydd raid i chi'ch dau wneud sioe fach er mwyn i bawb gael gweld," ochneidiodd Fflur ar ôl i fflyd o bobl roi eu trwyn i mewn pan oedden nhw'n ymarfer, gan gymryd arnynt eu bod wedi gwneud camgymeriad ac wedi dod i'r ystafell anghywir.

"Iawn!" cytunodd Cochyn a Charlie. "Ddwedwn i

wrth bawb y byddwn ni'n ymarfer ar y llwybr o flaen y prif adeilad."

"Ro i hysbysiad i fyny i'w 'neud o'n swyddogol," meddai Fflur. "Gytunwn ni i ddangos ein ceffyl pantomeim os bydd pawb yn addo gadael lonydd inni er mwyn cael heddwch i ymarfer."

Ond erbyn gweld, fu dim angen hysbysiad. Fel roedd Erin a'i ffrindiau yn mynd drwy'r prif adeilad, pwy ddaeth i'w cyfarfod ond y Pennaeth. Llwyddodd hi i ddatrys eu problem yn syth bin.

"Dwi'n deall fod eich ceffyl pantomeim chi'n creu problemau," meddai Mrs Powell.

Eglurodd Fflur iddi a gwrandawodd hithau'n ofalus.

"Does dim rheswm pam y dylech chi adael i bawb fusnesu fel hyn," meddai hi wrthyn nhw. "Eich busnes chi a neb arall ydi o. Dwi'n meddwl fod rhai myfyrwyr wedi anghofio bod yn broffesiynol. Mae'n rhaid ichi gael preifatrwydd i weithio ar eich perfformiad a dylai pawb arall ganolbwyntio ar eu hymrechion eu hunain. Bydd cyhoeddiad yn dweud hynny yn y cyfarfod boreol fory."

"Wel!" meddai Erin wedi i'r Pennaeth fynd. "Dylai hynna fod yn help mawr."

Ac roedd o. Ar ôl cyhoeddiad Mrs Powell doedd neb yn meiddio dod i sbecian ar yr ymarferion. Yn anffodus, roedd y sylw wedi mynd i ben Cochyn a Charlie.

"Mae'r Pennaeth wedi ymyrryd am ein bod ni mor bwysig!" broliodd Charlie yn fawreddog.

"Dau hogyn yn cadw reiat mewn gwisg hurt ydach chi. Dim byd arall," meddai Llywela wrthyn nhw, yn rhy agos i'r asgwrn o lawer ym marn Cochyn.

"Artistiaid ydan ni!" gwrthwynebodd. "Ac mae'r wisg yma yn rhan hanfodol o 'mherfformiad i."

Roedd yn wir fod Jac ac yntau wedi cynllunio dawns berffaith. Heb y wisg, awgrymai camau Cochyn geffyl trwsgl, trist ond gyda'r wisg amdano roedd y ceffyl yn bywiogi drwyddo. Fel pob clown da, roedd Cochyn yn rhoi tipyn o wir dristwch i'r ceffyl yn ogystal â rhoi cyfle i chwerthin ei hochr hi, ac roedd baglu Charlie yn y pen ôl yn pwysleisio dawnsio urddasol, gosgeiddig Cochyn.

Ond doedd hyn ddim yn ddigon i Cochyn a Charlie. Yn ystod ymarferion, roedden nhw'n cadw'r wisg amdanyn gyhyd ag y medren nhw, yn baglu o gwmpas ac yn mynd ar dan draed pawb ac o dan groen Fflur, oedd yn ddiamynedd ar y gorau.

"Er mwyn y nefoedd!" tantrodd, pan ddaeth y bechgyn tu cefn iddi a cheisio sodro'r pen ceffyl ar ei hysgwyddau. "Nid *chi* ydi'r unig rai yn y cyngerdd yma. Mae gan *bawb* ran gyfartal i'w chwarae."

"Ddrwg gen i," meddai llais aneglur o du mewn i'r pen. Symudodd y ceffyl ymaith yn araf wysg ei gefn a gwneud ei dric diweddaraf, sef eistedd ar gadair gyfagos. Chwarddodd pawb ond Fflur.

Clywyd cnoc ar y drws a daeth Huwcyn ap Siôn Ifan i mewn. Gwenodd pan welodd y ceffyl. "Glywais i am hwn," meddai. "Da iawn! Ond gobeithio nad ydach chi'n anghofio prif bwrpas y cyngerdd yma. Byddwn yn marcio'ch perfformiadau fel arfer, felly mae marciau Sêr y Dyfodol i'w hennill. Y gerddoriaeth ydi'r peth pwysicaf. Peidiwch ag anghofio hynny."

"Peidiwch â phoeni," meddai Fflur. " Mae'r *rhan*

fwyaf ohonon ni'n sylweddoli hynny." Edrychodd yn bwrpasol ar y ceffyl a throdd y ceffyl ei ben draw.

Chwarddodd Huwcyn. "Dod i ddweud wrthoch chi ein bod ni'n bwriadu dechrau ymarfer yn y theatr fory ydw i," meddai. "Hoffwn i weld beth mae pawb yn ei 'neud er mwyn imi gael rhyw syniad sut gyngerdd fydd o. Ydi hynny'n eich siwtio chi? Fyddwch chi'n barod?"

"Byddwn," atebodd Fflur.

Nodiodd y ceffyl ei ben yn egnïol ond anwybyddodd Fflur hynny.

"Dim ond mynd drwy pethau'n gyflym," meddai Huwcyn ap Siôn Ifan. "Fyddwn ni ddim yn disgwyl perffeithrwydd. Felly os dowch chi i gyd i'r theatr yn brydlon erbyn tri o'r gloch, baswn i'n ddiolchgar iawn."

Tynnodd ei law dros drwyn y ceffyl ac i ffwrdd ag o.

"Wel!" meddai Fflur. "Dowch inni fynd drwy'r pytiau cyswllt eto. A dim lol gynnoch chi!" meddai'n chwyrn wrth y ceffyl. "Cadwch at y sgript y tro yma."

"Fflur!" meddai Erin, yn meddwl am rywbeth yn

sydyn. "Fory bydd pawb yn cael gweld mor wych ydi'r ceffyl, ond ella y byddai'n well petaen ni'n cadw dy gymeriad di yn gyfrinach, Fflur."

"Ond mae Huwcyn eisio gweld y cyngerdd i gyd," protestiodd Dan. "Bydd o eisio gweld sut mae pob rhan yn gweithio efo'i gilydd."

"Bydd. Wn i," cytunodd Erin. "Ond fyddwn ni ddim yn ein dillad perfformio, felly does dim rhaid iddo sylweddoli fod Fflur yn ei actio *fo*!"

"Digon gwir," meddai Fflur yn feddylgar. "Does dim rhaid imi actio Huwcyn rŵan. Alla i fod yn unrhyw gyfarwyddwr pantomeim. Syniad gwych, Erin. Ie. Wna i gadw'r acen a'r cagla rasta ar gyfer noson y cyngerdd.

Cytunai pawb fod hynny'n syniad da.

"Dan ni'n siŵr o ennill," meddai Erin fel roedd y genethod yn mynd yn ôl i'w hystafelloedd yn Fron Dirion. "Mae 'nghân i'n dod ymlaen yn dda hefyd. Gewch chi weld: ein criw ni fydd sêr y sêr!"

7. Damwain Fechan

Pnawn drannoeth brysiodd Erin i theatr Plas Dolwen. Roedd hi'n hwyrach nag yr oedd hi wedi bwriadu oherwydd fod Mr Parri wedi ei chadw'n hirach nag arfer er mwyn mynd dros un llinell o'i chân i'w chael yn berffaith. Erbyn hyn roedd hi wedi llwyddo i gael yr amseriad yn gywir a'r ddau ohonyn nhw'n fodlon. Doedd Erin ddim eisiau bod yn hwyr yn dod i mewn y tro cyntaf iddyn nhw fynd drwy eitemau'r cyngerdd. Ond roedd popeth yn iawn. Doedd ei dosbarth hi heb ddechrau eto gan fod perfformiad y criw o'u blaen nhw yn rhedeg yn hwyr. Sleifiodd i mewn yn ddistaw at Fflur a Ffion a oedd yn eistedd yn y tu blaen yn agos at y llwyfan.

"Hei!" sibrydodd Ffion. "Sut aeth dy wers di?"

Gwenodd Erin. "Iawn!" atebodd. "Dwi wedi llwyddo i gael yr hen linell anodd 'na'n iawn o'r diwedd. Sut mae petha'n mynd yn fan'ma?"

"Hy!" wfftiodd Fflur. "Pwy fyddai'n meddwl fod y criw yma yn hŷn na ni? Does ganddyn nhw ddim clem!"

"Be ydi'u thema nhw?" gofynnodd Erin, yn ceisio datrys beth oedd yn digwydd ar y llwyfan.

"Siôn Corn," eglurodd Ffion. "Mae pob act yn rhyw fath o anrheg. Ond dwi'm yn siŵr ar gyfer pwy mae'r anrhegion i fod chwaith."

"Ar gyfer y gynulleidfa," meddai Fflur. "Ond … o! Dyna well! Mae o wedi cofio beth i'w 'neud o'r diwedd!"

Roedd y bachgen a gymerai ran Siôn Corn wrthi'n cyflwyno'r act olaf.

"Dwi'n falch imi gyrraedd mewn pryd i glywed hon," sibrydodd Erin yn fodlon pan welodd Cerian yn dod ar y llwyfan. "Mae hi'n wirioneddol dda!"

Cyn gynted ag y gorffennodd yr act olaf, aeth Huwcyn ap Siôn Ifan ar y llwyfan i ddiolch i'r criw. "Ond roeddech chi bum munud dros amser," rhybuddiodd nhw. "Ddim yn ddrwg. Ond mae angen i chi gyflymu'r dolenni cyswllt. Iawn. Nesa!"

Roedd Fflur eisoes yn anelu am y grisiau yn arwain i fyny i'r llwyfan.

"Waw!" meddai Erin. "Ni! Ty'd 'laen, Ffion!"

Diolch i drefnu trwyadl Fflur, aethon nhw drwy eu perfformiad yn dda iawn. Roedd hi wedi gofalu fod partner pob cymeriad yn rhoi'r offeryn neu'r meicroffon drwy'r drych ffug pan oedd y cymeriad yn dymuno. Gweithiodd hynny'n ardderchog. Roedd y drych hud a wnaed iddyn nhw gan Mr Ffowc o'r adran Gynnal a Chadw yn berffaith. Pan ddaeth tro Erin i dymuno, meddai hi wrth y drych:

Dymuniad mewn eiliad
Dyna yw'r syniad!
Dymunaf fedru canu fel Erin Elis!

yn union fel roedden nhw wedi ymarfer. Rhoddodd Ffion winc ar Erin wrth roi'r meic yn ei llaw a bu bron i Erin ddechrau chwerthin.

Ond cyn gynted ag yr oedd y miwsig yn cyflwyno'i chân yn llifo drwy'r theatr, daeth ati'i hun. Canodd y gân yn berffaith, y pwyslais yn yr union

Iefydd roedd hi a Mr Parri wedi gweithio mor galed i'w meistroli. Roedd tipyn go lew o fyfyrwyr yn gwylio a churodd pawb eu dwylo wedi iddi orffen.

Chwarddodd pawb pan welson nhw Cochyn a Charlie, yr unig fyfyrwyr yn eu gwisg ar gyfer yr ymarfer, ac fe gafodd y pwt yn cysylltu'r rhan roedd Jac a Cochyn yn ei ddawnsio ar y dechrau gymeradwyaeth hefyd. Yn ôl pob golwg byddai'r perfformiad a'r thema'n boblogaidd iawn.

"Maen nhw'n bihafio'u hunain heddiw," meddai Erin wrth Ffion, fel roedd y ceffyl pantomeim yn mynd ar drot perffaith ar draws y llwyfan, heb ychwanegu unrhyw driciau eraill.

"Diolch byth!" meddai Ffion. "Neu wn i ddim be fyddai Fflur wedi'i ddeud!"

"Da iawn!" meddai Huwcyn ap Siôn Ifan, yn cychwyn i fyny'r grisiau tuag atyn nhw. Roedd o bron wedi cyrraedd y llwyfan pan faglodd a syrthio ar ei hyd. Bu eiliad o dawelwch. Roedd pawb wedi dychryn. Yna rhuthrodd Dan ac Erin i'w helpu i godi ar ei draed.

"Dwi'n iawn," meddai'r athro wrthyn nhw. "Dim

ond baglu wnes i." Ond edrychai braidd yn simsan ac roedd yn barod iawn i eistedd pan ddaeth Fflur â chadair draw iddo.

"Fasech chi'n hoffi diod o ddŵr?" gofynnodd Erin yn bryderus.

Gwenodd Huwcyn arni. "Dim diolch," meddai. "Mi fydda i'n iawn wedi eistedd yn llonydd am funud bach."

Cododd Dan y clipfwrdd a ollyngwyd a'i roi'n ôl i Huwcyn. Syllodd yr athro arno'n ofalus. "Dau funud yn rhy hir," meddai. Cymerodd wynt mawr ac arhosodd pawb iddo ddweud rhywbeth arall. "Gofala di na fyddwch chi'n mynd dros yr amser, Fflur," rhybuddiodd.

"Iawn," addawodd hithau. "Wna i."

"Iawn, felly." Caeodd Huwcyn ap Siôn Ifan ei lygaid ac edrychodd Fflur ac Erin ar ei gilydd yn bryderus. Dyna welw oedd wyneb yr athro. Doedd o ddim yn edrych yn hanner da. Fel roedd Erin yn meddwl tybed a ddylen nhw wneud rhywbeth, agorodd ei lygaid drachefn. "Wyddoch chi be," meddai'n wantan. "Beth am inni gael toriad i gael paned rŵan, gan fod eich dosbarth chi wedi gorffen?" Edrychodd draw dros y neuadd lle roedd gweddill y myfyrwyr yn aros ac yna'n ôl ar Erin. "Wnei di ofyn i'r grŵp nesa ailymgynnull yma am hanner awr wedi pedwar?" gofynnodd iddi.

"Wrth gwrs," meddai Erin. "Ddweda i wrthyn nhw."

"Diolch."

Gwyliodd Erin Huwcyn ap Sion Ifan yn codi ac yn cerdded yn araf oddi ar y llwyfan. Aeth at y drws a diflannu.

"Ydi o'n iawn?" gofynnmodd Dan.

"Wn i ddim," atebodd Erin yn ansicr.

"Rhyw hanner baglu wnaeth o," meddai Dan. "Ond roedd yn ddigon iddo syrthio ac roedd golwg simsan iawn arno."

"Wel, mae o mewn tipyn o oed," meddai Erin. "Ac mae codwm yn fwy difrifol pan wyt ti'n hen, debyg." Edrychodd Dan a hithau ar ei gilydd.

"Gobeithio ei fod o yn iawn," meddai Dan. "Mae arnon ni ei angen o."

"Rwyt ti'n berffaith iawn," meddai Llywela. "Fo ydi'r athro gorau sy gynnon ni."

Nid yn aml y byddai Erin yn cytuno efo Llywela,

ond y tro yma roedd hi efo hi gant y cant. "Mae'n rhaid imi ddweud wrth y criw nesa am ddod yn ôl yn hwyrach," meddai. Rhedodd i lawr y grisiau ym mlaen y llwyfan i siarad efo'r myfyrwyr yn aros yn amyneddgar ar lawr y neuadd.

"Ydi o wedi brifo?" gofynnodd un o'r genethod.

"Wyt ti'n siŵr ei fod o'n dod yn ôl?" holodd bachgen.

"Hanner awr wedi pedwar ddwedodd o," meddai Erin wedyn. "Felly mae'n debyg ei fod o'n bwriadu eich cyfarfod yn fan'ma. Ella ei fod o wedi mynd i'r ystafell athrawon i eistedd am dipyn. Dwn i ddim."

Arhosai'r lleill am Erin wrth ddrws y theatr. "Well inni gael te," meddai Ffion. "Fedrwn i 'neud dim byd arall. Gobeithio y bydd o'n teimlo'n well toc."

"Siŵr o fod," meddai Dan, ond edrychai'n bryderus o hyd. "Dwi'n mynd i helpu i roi addurniadau i fyny yn nhŷ'r bechgyn ar ôl te," meddai. "Mae braidd yn gynnar ar gyfer addurniadau Nadolig, ond dwedodd Mr Smith fod yn iawn inni 'neud ac o leiaf bydd hynny'n tynnu fy meddwl oddi ar Huwcyn druan."

"Dan ni eisio rhoi addurniadau i fyny hefyd,"

meddai Llywela, "ond dw inna ddim yn teimlo'n Nadoligaidd iawn chwaith."

"O, ty'd 'laen!" meddai Fflur. "Paid â bod mor hurt. Bydd addurno yn codi'n calonnau ni. Dwi'n siŵr y bydd Huwcyn yn iawn ar ôl cael sbel fach. Dydi o ddim wedi torri asgwrn, nac ydi? Fedar o ddim bod mor ddrwg â hynny!"

"Dowch 'laen, felly," meddai Erin. "Ti'n iawn, Fflur. Dowch i nôl te a wedyn rown ni addurniadau i fyny. Dan ni'n ddim help i neb yn sefyllian yn fan'ma."

Ond allai Erin ddim byw yn ei chroen yn gwneud dim ond gobeithio'r gorau. Ar ôl te, gwnaeth esgus ac aeth draw i'r theatr wedyn. Roedd hi wedi hen droi hanner awr wedi pedwar, os oedd Huwcyn yn iawn, dylai fod yno erbyn hyn.

Wedi sbecian drwy'r drws, dyna falch oedd hi o'i weld yn sgwrsio efo amryw o fyfyrwyr ar y llwyfan, yn edrych yn debycach iddo fo'i hun o lawer.

Rhedodd Erin yn ôl ar hyd y llwybr i Fron Dirion, yn teimlo'n hapusach. Sioncodd drwyddi pan welodd y bocsys tinsel ac addurniadau yn ei hystafell.

"Welais i Huwcyn!" galwodd ar Fflur Ffion a Llywela. "Mae o'n iawn!"

"Hwrê!" gwaeddodd Fflur. "Ro'n i'n meddwl y basa fo. Rŵan, dowch inni roi'r adduriadau 'ma i fyny!"

Dyna hwyl oedd trawsnewid golwg eu hystafell. Wedi gorffen yno, aeth y pedair i lawr i'r stafell gyffredin. Gyda help gweddill y genethod, addurnwyd pob twll a chornel gyda thinsel, peli lliw a'r holl geriach oedd yn y bocs addurniadau. Syfrdanwyd Mrs Prydderch yn fawr pan ddaeth hi i mewn i ddweud ei bod yn amser gwely.

"Wel!" meddai hi ar ôl rhyw funud neu ddau o syllu'n ddistaw ar eu gwaith. "Ella'ch bod chi'n artistiaid, ond wir, dydi addurno ystafelloedd ddim yn un o'ch cryfderau chi chwaith!"

"*Mrs Prydderch!*" cwynodd y genethod, a chwarddodd yr athrawes.

"Ond mae'r cyfan yn siriol iawn a thymhorol," cyfaddefodd wedyn, gan roi darn rhydd o dinsel yn ei le y tu cefn i ddarlun ar y wal. "Os na fyddwn ni'n teimlo ysbryd yr ŵyl ar ôl hyn, fyddwn ni byth!"

"*Dwi'n* berwi o ysbryd yr ŵyl!" meddai Erin ar dop ei llais, yn neidio ar ei gwely ar ôl i Mrs Prydderch fynd. "Popeth yn mynd yn iawn a Huwcyn ddim gwaeth!"

"Diolch byth!" meddai Fflur yn llawen.

"Hei lwc am berfformiad perffaith!" gwaeddodd Erin.

"Hei lwc!" chwarddodd pawb.

8. Ceffyl Trwsgl

Perfformiad perffaith. Dyna oedd ar feddwl Fflur pan ddeffrodd.

"Dyna ddwedaist ti neithiwr," meddai hi wrth Erin pan oedden nhw'n gwisgo amdanynt. "Perfformiad perffaith. Mae'n rhaid inni ymarfer nes y byddwn ni'n methu gwella rhagor. Dwi eisio ymarfer yn y theatr heddiw os allwn ni. Mwyaf yn y byd y gallwn ni ymarfer yn y man lle fyddwn ni'n perfformio'r sioe, gorau yn y byd!"

Siglodd y tinsel uwchben gwely Erin yn y gwynt gan ei hatgoffa ei bod yn ddechrau mis Rhagfyr. "Syniad da," cytunodd yn frwdfrydig. "Buan y daw'r cyngerdd rŵan."

Roedd y myfyrwyr hynaf wedi bod yn gweithio'n galed y noson cynt yn addurno'r prif adeilad. Eu gwaith nhw bob amser oedd addurno'r coed

Nadolig yn yr ystafell fwyta a'r theatr, yn ogystal â'r un anferthol wrth droed y grisiau. Cyn gynted ag y cyrhaeddodd Erin a'i ffrindiau i gael brecwast, roedd yn hawdd gweld eu bod wedi cael andros o hwyl ar y gwaith. Diferai goleuadau gwynion – a'r rheini'n wincian – yn gymysg â fflyd o beli coch ac aur dros ganghennau'r goeden. Edrychai fel rhywbeth o wlad y tylwyth teg.

"Dwi'n meddwl y bydd Mrs Prydderch yn hoffi honna!" meddai Erin yn cofio beth oedd barn eu hathrawes ar eu hymdrechion ffwrdd-â-hi braidd nhw wrth addurno'u hystafelloedd.

Roedd y goeden yn yr ystafell fwyta yn llai, ond wedi'i haddurno'n fendigedig gyda rubanau cochion a thinsel aur.

"'Sgwn i sut olwg sy ar y goeden yn y theatr?" meddai Ffion.

Fu dim raid iddyn nhw aros yn hir i gael gweld, oherwydd llwyddodd Fflur i gael cyfnod byr pan oedd neb arall yn defnyddio'r theatr. "Fedrwn ni ymarfer yno amser cinio dim ond inni frysio i fwyta," meddai wrth y dosbarth cyn dechrau'u gwers gyntaf. "Pawb i fod yno'n brydlon am hanner awr wedi un."

Llyncodd pawb eu bwyd ar ras ac erbyn chwarter wedi un roedd Erin a'i ffrindiau yn y theatr yn aros yn ddiamynedd i rai o'r bechgyn hynaf gario pentwr o ampiau i'r llwyfan.

"O waw!" meddai Erin wrth gael cip ar y goeden ar lawr y neuadd. Roedd hi'n gul ac yn dal ac yn uchel gyda rhaeadr o beli cochion a sêr euraid drosti. "Dyma rywbeth perffaith arall!"

"Dowch 'laen, bawb. 'Sgynnon ni ddim amser i sefyllian!" mynnodd Fflur. "Dwi eisio inni fynd drwy'r rhan lle mae'r ceffyl pantomeim yn ymddangos gyntaf."

Ar y llwyfan â nhw. "Ydi'n iawn inni ymarfer rŵan?" gofynnodd Fflur i un o'r hogiau oedd yn symud yr ampiau trymion.

"Os nad ydi ots gynnoch chi fod yr ampiau yn aros lle maen nhw," meddai wrthi. "Mae angen eu symud draw dipyn o ochr y llwyfan, ond os allwch chi weithio o'u hamgylch nhw am rŵan, dylai popeth fod yn iawn. Awn ni i gael cinio a'u rhoi yn eu llefydd iawn ar ôl i chi orffen."

"Diolch!" amneidiodd Fflur ar Cochyn a Charlie. "Dwi eisio ymarfer y tro cyntaf dach chi'n dod i mewn," meddai wrthyn nhw. "Dach chi bron yn iawn, ond dydi o ddim yn ddigon slic."

"Iawn," cytunodd y ddau.

"Pan fydda i'n galw arnoch chi, cofiwch fethu dod i mewn," atgoffodd Fflur nhw. "Yna dowch ar y llwyfan ar frys gan sglefrio a stopio'n stond o 'mlaen i."

Aethon nhw drwy'r rhan amryw o weithiau a Fflur yn mynd yn fwy pigog bob tro. Roedd y bechgyn wedi dechrau cadw reiat eto, yn gwneud i bobl chwerthin.

"Mae'n iawn cael hwyl," gwaeddodd Fflur, pan fu bron i Cochyn ei tharo oddi ei thraed, "ond nid hwyl ydi g'neud i mi syrthio!"

Yn anffodus i Fflur, roedd Cochyn a Charlie yn meddwl fod hynny'n ddoniol iawn. Pwniodd Cochyn hi yn ei hochr gyda phen y ceffyl a gwylltiodd Fflur yn gandryll.

"Dydach chi ddim o ddifri!" ffrwydrodd. "Mae'r

amseru yn dyngedfennol a dach chi'n drysu popeth am eich bod chi'n cadw reiat drwy'r adeg ac yn cymryd llawer gormod o amser."

Pwniodd Cochyn hi yn ei hochr eto a gwridodd wyneb Fflur yn fflamgoch. "Rho'r gorau iddi!" gwaeddodd, gan rhoi peltan i'r ceffyl efo'i chlipfwrdd.

Doedd Cochyn ddim wedi brifo yn ei ben ceffyl, ond cododd i fyny fel y byddai ceffyl wedi dychryn yn ei wneud a thrio troi rownd. Mae'n amlwg iddo anghofio am yr ampiau ar flaen y llwyfan oherwydd carlamodd yntau a Charlie tuag atyn nhw.

Gwyddai Erin, ar ôl gwisgo'r pen ceffyl un tro, mai ychydig iawn allai Cochyn ei weld a sylweddolodd ei fod yn straffaglio i gadw ar ei draed. Ond doedd ganddo ddim gobaith. Yn amlwg doedd gan Charlie, ym mhen ôl y ceffyl, ddim clem beth oedd yn digwydd. Roedd bod yn y wisg yn debyg i wisgo mwgwd mewn ras deircoes. Unwaith y syrthiai un ohonyn nhw, doedd gan y llall ddim gobaith!

Gwyliodd Erin mewn braw wrth i'r bechgyn golli pob rheolaeth. Roedd Cochyn yn ceisio osgoi'r pentwr ampiau, ond syrthiodd Charlie ar eu traws gan fynd â Cochyn efo fo. Roedd pwysau'r ddau yn ddigon i wneud i'r amp uchaf ar y pentwr ddechrau siglo.

"Gwyliwch!" gwaeddodd Erin fel roedd yr amp anferth yn syrthio gan grensian yn ddifrifol wrth iddo lithro oddi ar y pentwr. CLEC! Tarodd y llwyfan. Ond nid dyna'r diwedd. Arswydodd Erin wrth weld yr amp trwm yn llithro oddi ar y llwyfan ac at lawr y neuadd. Dyrnodd yn erbyn y gêr drymiau oedd yno'n aros i gael eu gosod ynghyd.

"Dan!" sgrechiodd Erin i ganol y tawelwch mawr. Ychydig funudau ynghynt roedd hi wedi gweld Dan yno'n ffidlan efo symbal. Ond diolch byth, gwelodd ei ben yn dod i'r golwg yr ochr draw i'r amp. Diolch byth ei fod yn glir o'r ffordd. Ond doedd dim modd dweud yr un peth am y drymiau.

"Be ti 'di 'neud?" sgrechiodd Dan yn wyllt wallgo ar Cochyn. "Rwyt ti 'di difetha'r symbal crash!"

Rhedodd Ed i lawr y grisiau blaen i helpu. Cododd Dan ac yntau'r amp oddi ar y symbal. Roedd hwnnw wedi hollti'n ddrwg, ond roedd y stand i'w weld yn iawn. Yn y cyfamser roedd Cochyn a Charlie wedi llwyddo i ddod allan o'r wisg, yn sefyll ar y llwyfan a'u hwynebau'n wyn fel y galchen.

"M … m-mae'n ddrwg gen i," meddai Cochyn. "Ddylwn i ddim wedi bod yn cadw reiat. Ond fedrwn i ddim gweld … "

Trodd Dan draw oddi wrth ei ffrind gorau wedi ffieiddio a dechrau tynnu'r symbal toredig oddi ar y stand.

"Ond nid dy gêr drymio di ydi o, nage, Dan?" gofynnodd Cochyn. "Yr Ysgol bia fo, ynte?"

"Symbal wedi torri ydi o'r un fath," meddai Dan wrtho'n oeraidd. "Un drud iawn. Am wastraff arian. Bydd Huwcyn ap Siôn Ifan o'i go'n las. Mae ganddo fo ddigon i'w 'neud heb orfod archebu un arall ar frys."

"A nid dyna'r cyfan," meddai Ed, yn swnio'n bryderus iawn. "Beth am yr amp?"

"Dylai fod yn iawn, yn dylai?" holodd Cochyn yn bryderus. "Mae'n edrych yn iawn, er y gallai o fod wedi cael crafiad, debyg … "

"Hen amp efo falfiau ydi o," eglurodd Ed. "Mae'r

sain yn wych drwyddyn nhw. Dyna pam maen nhw wastad yn cael eu defnyddio ar gyfer cyngherddau. Ond mae'r falfiau tu mewn yn fregus iawn. Mae'n bosib eu bod nhw wedi malu'n rhacs."

"Ydi ... ydi hi'n bosib cael rhai newydd?" gofynnodd Cochyn mewn llais bach, bach.

"Posib, ydi," cytunodd Ed. "Ond nid yn hawdd. Ac maen nhw'n ddrud. Roedd Huwcyn yn sôn am y peth y diwrnod o'r blaen. Mae o'n hoffi'r hen ampiau falf yma. Rhoddodd Ed ei law ar yr amp ac edrych ar Dan. "Dyma rhywbeth *arall* i Huwcyn boeni yn ei gylch," meddai.

Camodd Fflur ymlaen i arwain.

"Bydd raid ichi fynd i ddweud wrtho be sy wedi digwydd," meddai wrth Charlie a Cochyn. "Allwn ni ddim aros a g'neud dim byd nes y bydd o'n cael gwybod. Byddai hynny'n waeth."

"Ddo i efo chi," cynigodd Ed. "Wn i fwy am yr offer na chdi a fedra i egluro pa amp ydi o. Ella y dôn nhw erbyn y cyngerdd petai o'n archebu falfiau newydd yn syth bìn."

"Beth os na chyrhaeddan nhw?" gofynnodd Fflur.

"Bydd raid i inni defnyddio'r ampiau eraill sy ddim mor hen," meddai Ed. "Maen nhw'n iawn, ond dydi ansawdd y sain ddim cystal."

"Da iawn chi, y ddau ohonoch chi," meddai Llywela yn goeglyd. "Dach chi newydd dynnu blewyn o drwyn pob cerddor yn yr ysgol drwy ddifetha ansawdd sain y cyngerdd."

"Ond o leiaf allwn gael cyngerdd o hyd," meddai Ffion yn garedig. "Dydi o ddim fel petai'n rhaid inni ganslo'r cyngerdd."

"Petawn i ddim wedi bod mor awyddus i ymarfer," meddai Fflur yn ofidus. "Dylwn i fod wedi aros nes roedd yr ampiau wedi cael eu symud o'r ffordd."

"Mae'n ddrwg iawn gen i gadw reiat," meddai Cochyn. "Ddylai Charlie a fi ddim fod wedi tynnu dy goes di gymaint."

"Ac ro'n i ar fai yn gorymateb," meddai Fflur wrtho.

"Ty'd 'laen," meddai Cochyn wrth Charlie. "Well inni fynd i weld Huwcyn ar ein hunion."

"Well inni i gyd fynd ato fo," awgrymodd Erin. "Ein dosbarth ni achosodd y ddamwain. Nid un person yn unig oedd ar fai. Cyntaf yn y byd yr awn ni i ddweud be sy wedi digwydd, gorau yn y byd."

"Dwi'n cytuno," meddai Dan. "Dwi'n siŵr y bydd Huwcyn yn gwerthfawrogi ein bod yn cyfaddef. Dowch 'laen. Os awn ni rŵan, mae'n debyg y bydd o yn yr Adran Roc.

9. Gwaeth Fyth

Roedd yn ddiwrnod oer a'r barrug dros y glaswellt fel roedden nhw'n mynd draw i'r Adran Roc. Roedd pawb ar bigau'r drain. Doedd 'run ohonyn nhw wedi gweld Huwcyn ap Siôn Ifan yn flin erioed a wydden nhw ddim beth i'w ddisgwyl. Tybed a fyddai o'n llawn cydymdeimlad ac yn falch eu bod wedi dod i gyfaddef ar eu hunion? Neu a fyddai o am eu gwaed nhw ac yn meddwl am rhyw gosb ddychrynllyd ar gyfer y dosbarth i gyd? Beth petai o hyd yn oed yn eu rhwystro rhag cymryd rhan yn y cyngerdd? Byddai hynny'n erchyll.

Dan ac Ed oedd ar y blaen, Cochyn a Charlie yn dal yn ôl y tu cefn iddyn nhw. Dilynai gweddill y dosbarth yn dawedog iawn.

Roedd Erin wedi meddwl y byddai Huwcyn yn ei swyddfa, ond fel roedden nhw'n cyrraedd yr adeilad, daeth yr athro allan i'w cyfarfod. Cariai focs mawr a symudai'n ofalus, yn cerdded yn bwyllog ar y llwybr rhewllyd. Edrychodd yn ddryslyd pan welodd y myfyrwyr yn dod tuag ato.

"Does gen i ddim dosbarth rŵan, nac oes?" gofynnodd i Dan. "Doeddwn i ddim yn meddwl fod gen i."

"Nac oes," meddai Dan. "Wedi dod i'ch gweld chi ynghylch rhywbeth arall ydan ni."

"Be? Pob un ohonoch chi?"

Camodd Charlie ymlaen efo Cochyn. "Mae 'na dipyn o drafferth 'di bod," meddai'n chwithig. "Be dwi'n feddwl … ydi rhyw fath o ddamwain."

"Ein bai ni oedd o, ond penderfynodd pawb ddod efo ni i ddweud wrthoch chi," ychwanegodd Cochyn.

"Wel, be sy 'di digwydd?" gofynnodd Huwcyn ap Siôn Ifan. Edrychodd o'i gwmpas yn chwilio am rywle i roi'r bocs o'i law, ond doedd unlle hwylus i'w gael. "Does neb wedi brifo, gobeithio?"

"O, nac oes," meddai Charlie. "Dim byd felly."

"Wel, be felly?" meddai Huwcyn yn ddiamynedd. "Does gen ddim drwy'r dydd." Ceisiodd gydio'n gadarnach yn y bocs ac edrychodd ar Charlie. "Be ydi'r broblem?"

"Yr ampiau falf," eglurodd Ed. "Syrthiodd un oddi ar y llwyfan a malu symbal."

"Be?" gwaeddodd Huwcyn. Edrychai'n gandryll o'i go. Trodd i wynebu Ed a llithro ar ddarn o rew. Wrth geisio cadw ar ei draed, collodd ei afael ar y bocs, a syrthiodd hwnnw i'r llawr. Ceisiodd Dan helpu'r athro ond roedd yn rhy hwyr. Syrthiodd Huwcyn ar y rhew. Wrth i'r myfyrwyr ei wylio'n llawn arswyd, syrthiodd yn drwsgl gan daro'i ben ar ymyl y palmant. Gorweddai'n berffaith lonydd, a'i goes ar dro oddi tano.

Gwthiodd Llywela heibio i'r bechgyn ar ei hunion. Penliniodd wrth ei ochr. Meddyliodd Erin ei bod hi am ei helpu i godi ar ei draed, ond roedd yr athro yn hollol lonydd.

"Mae o'n anymwybodol," meddai Llywela. "Ewch i nôl Nyrs Morgan!" Tynnodd ei chôt yn gyflym a'i thaenu dros Huwcyn druan. "A brysiwch!"

Rhuthrodd amryw o fyfyrwyr yn ôl i'r prif adeilad. Cydiodd Erin yn y bocs a ollyngwyd gan Huwcyn.

"Well inni fynd ag o'n ôl i'r Adran Roc," awgrymodd Fflur, ei llais yn simsan.

Arhosodd gweddill y myfyrwyr wrth ochr yr athro anymwybodol. Byddai'n dda gan Erin petai hi wedi mynd i ddosbarthiadau cymorth cyntaf. Diolch fod Llywela fel petai'n gwybod beth i'w wneud.

Dyna falch oedden nhw pan frysiodd Nyrs Morgan yno yn cario blanced.

"Mae ambiwlans ar ei ffordd," meddai wrthyn nhw gan daenu'r blanced dros gôt Llywela. Gofynnodd iddi egluro beth oedd wedi digwydd.

"Diolch iti, Llywela," meddai Nyrs Morgan. "Wnest ti'n berffaith iawn. Da iawn ti."

"Rwyt ti'n siŵr o fod yn teimlo'n oer, Llywela," meddai Erin. "Rho fy siaced i amdanat." Ond ysgydwodd Llywela ei phen heb dynnu'i llygaid oddi ar Huwcyn ap Siôn Ifan.

Cyrhaeddodd yr ambiwlans yn fuan iawn.

"Dwi eisio mynd efo fo," meddai Llywela fel roedd y parafeddygon yn llwytho Huwcyn i'r cerbyd ac yn cau'r drysau.

"Paid â mwydro, 'mach i," meddai'r Nyrs Morgan.

"Dyma dy gôt di. Rŵan dos i dy wersi. Fedri di 'neud dim byd arall yn fan'ma. Mae'n rhaid imi fynd i weld Mrs Powell i roi gwybod iddi be sy wedi digwydd."

"Ty'd 'laen, Llywela," meddai Fflur, yn rhoi braich gyfeillgar am ei hysgwydd wedi i'r ambiwlans fynd ac wrth i bawb gychwyn oddi yno. Ond symudodd Llywela draw oddi wrthi.

"Dwi'n mynd i'r prif adeilad," meddai. "I aros tu allan i ddrws Nyrs Morgan nes bydd 'na ryw newydd."

Edrychodd Erin ar wyneb Llywela. Edrychai'n styfnig ac yn flin. Ond gwyddai Erin nad dicter wnâi iddi edrych felly. Roedd pawb wedi dychryn ac yn poeni ynghylch Huwcyn, ond sylweddolai Erin fod pethau'n waeth i Llywela nag i bawb arall. Roedd tad Llywela yn un o ffrindiau gorau Huwcyn. Dyna pam, mae'n debyg, mai Huwcyn oedd un o'r ychydig rai ym Mhlas Dolwen a allai berswadio Llywela i beidio bod yn ddrwg ei hwyl.

Dyna olwg drist oedd ar Llywela. Roedd Erin eisiau mynd ati i gydymdeimlo ond beth petai'n cael pryd o dafod? Gallai Llywela fod *mor* swta.

"Ddo i efo ti," meddai, yn penderfynu'n sydyn fod yn rhaid iddi wneud rhywbeth. "Dw innau eisio gwybod gynted ag y bydd yna unrhyw newydd."

"Ddown ninnau hefyd," cytunodd y lleill.

Er ei bod hi bron yn amser te, gwrthododd Llywela fynd ar gyfyl yr ystafell fwyta. Mynnodd eistedd ar waelod y grisiau yn un swpyn bach trist yn ei chôt. "Os daw Nyrs Morgan neu Mrs Powell heibio, glywa i'r newyddion diweddara ganddyn nhw," mynnodd.

Doedd myfyrwyr ddim i fod i fynd â bwyd na diod o'r ystafell fwyta, ond pan ddaeth te o'r diwedd, sleifiodd Erin a'r efeilliaid allan efo diod boeth a brechdan i Llywela. Roedd y newydd am Huwcyn ap Siôn Ifan wedi lledu fel tân gwyllt drwy'r ystafell fwyta ac erbyn hyn roedd criw mawr o fyfyrwyr i gyd yn aros yn obeithiol yn y neuadd. Ar hynny, cyrhaeddodd Mrs Prydderch o dŷ'r myfyrwyr ieuengaf lle roedd hi wedi bod yn gweithio yn ei stydi.

"*Be* dach chi i gyd yn 'neud?" meddai'n flin. "Rwyt ti'n gwybod yn iawn nad wyt ti ddim i fod i fwyta yn

fan'ma, Llywela. Nid lle i gael picnic ydi'r grisiau."
Yna sylweddolodd eu bod i gyd yn edrych yn
bryderus iawn a gofynnodd: "Be ar wyneb y ddaear
sy'n bod?"

"Huwcyn ap Siôn Ifan sy wedi cael damwain,"
eglurodd Fflur. "A dan ni'n aros am newyddion o'r
ysbyty."

"O! Druan ag o," meddai Mrs Prydderch yn llawn
cydymdeimlad. "Ond dach chi'n ddim help i neb dan
draed yn fan hyn, nac ydach?"

"Eisio gwybod sut mae Huwcyn ydan ni,"
eglurodd Fflur.

"A sut yn hollol dach chi'n meddwl y gwnewch chi
hynny wrth sefyllian yn fan'ma?" gofynnodd Mrs
Prydderch.

"Wel, bydd Nyrs Morgan neu Mrs Powell bownd
o ddod i lawr y grisiau cyn bo hir," meddai Fflur.
"Meddwl gofyn iddyn nhw oedden ni."

Ochneidiodd Mrs Prydderch. "Dwi'n sylweddoli
eich bod chi i gyd yn bryderus," meddai hi. "Ond y
peth gorau i chi ei 'neud ydi mynd ymlaen â phethau
fel arfer. Mae'n bryd i chi fynd yn ôl i'ch tai bellach

beth bynnag. Ffonia i hwn a llall i edrych beth glywa i tra byddwch chi'n g'neud eich gwaith cartref. Gewch chi wybod cyn gynted ag y clywa i unrhyw beth."

Roedd yn amlwg i Erin na chaen nhw ddim aros yn y neuadd, felly byddai'n well cytuno efo Mrs Prydderch a pheidio dadlau, ond roedd Llywela wedi plethu'i breichiau. Edrychai'n benderfynol iawn.

"Dwi *ddim* yn symud o'ma," meddai'n bendant. "Nid nes y bydda i wedi cael clywed ei fod o'n iawn."

Suddodd calon Erin i'w sodlau. Y peth olaf roedden nhw'i eisiau oedd Llywela yn cael sterics. Felly, tra oedd hi'n dal i deimlo'n ddewr yng ngwres y funud, aeth ati a llithro'i llaw rhwng ei breichiau plethedig. "Ddoi di efo ni i 'neud cerdyn i Huwcyn?" gofynnodd. "Rwyt ti'n gwybod yn well na neb be mae o'n hoffi. Os gweli di'n dda? Ddoi di?"

Am funud, roedd Erin yn meddwl ei bod am dynnu draw. Credai'n siŵr y byddai'n gwrthod. Ond yna snwffiodd Llywela. "Iawn," cytunodd yn gyndyn.

Aeth Erin a Llywela yn ôl i Fron Dirion gyda

phawb arall. Ond allai neb ganolbwyntio ar waith cartref a bachodd pawb syniad Erin a mynd ati i wneud cardiau brysiwch wella. Pan ddaeth Mrs Prydderch i'r ystafell, thrafferthodd neb i guddio beth roedden nhw'n ei wneud.

"O, digon o sioe!" meddai eu hathrawes dŷ pan welodd y cerdyn roedd Erin a Llywela yn ei wneud. "Bydd hwnna'n siŵr o godi'i galon."

"Glywsoch chi sut mae o?" gofynnodd Llywela.

"Do," atebodd Mrs Prydderch. "Does dim rhaid ichi boeni. Mae o'n iawn."

"Ydi o adref felly?" gofynnodd Llywela. "Fydd o'n ôl yn yr ysgol fory?"

"Na fydd," meddai Mrs Prydderch. "Mae o wedi torri'i ffêr yn ddigon drwg wrth syrthio ac maen nhw'n ei gadw yn yr ysbyty am ychydig ddyddiau."

"O!" meddai Fflur, yn edrych yn bryderus. "Ond bydd yn ôl erbyn y cyngerdd. Bydd? Dydi hynna ddim am sbel."

Daeth golwg boenus dros wyneb Mrs Prydderch. "Wel, dwn i ddim yn iawn," cyfaddefodd. "Mae'n dibynnu ar sut y bydd o'n gwella, mae'n debyg.

Roedd Nyrs Morgan yn dweud ei fod wedi cael sgytwad go ddrwg ac ella y byddan nhw eisio g'neud tipyn o brofion arno."

"Sut fath o brofion?" mynnodd Llywela.

"Wn i ddim, wir, Llywela," meddai Mrs Prydderch, yn dechrau swnio'n ddiamynedd. "Dwi wedi dweud popeth glywais i wrthoch chi. Y peth pwysica ydi ei fod o'n iawn ac yn y lle gorau, ond allwch chi ddim disgwyl iddo wella dros nos. Cofiwch nad ydi o ddim yn bell o oed ymddeol."

Sylwodd Mrs Prydderch ar wyneb gofidus Llywela a gwenodd yn garedig arni. "Paid â phoeni," meddai hi. "Gewch chi anfon eich cardiau ato wedi inni gael gwybod ym mha ward mae o. Mae'n debyg y cewch chi wybod mwy gan Mrs Powell yn y cyfarfod boreol fory."

Fel arfer byddai hen sgwrsio a chwerthin pan fydden nhw'n paratoi i fynd i'r gwely. Ond heno doedd neb yn teimlo'n hwyliog. Synfyfyriai pawb yn ddistaw, yn meddwl am Huwcyn. Dim ond Huwcyn a neb arall.

"Wnes i 'rioed feddwl amdano fo'n *ymddeol*,"

meddai Ffion yn ddistaw. "Nid yn fuan beth bynnag. Dwi'n meddwl 'mod i'n cymryd yn ganiataol y byddai o yma pan fyddwn i'n gadael. 'Sgwn i faint ydi'i oed o?"

Wyddai neb yr ateb ond roedd geiriau Mrs Prydderch wedi codi cwestiwn mawr.

Lleisiodd Erin bryder pawb: "Beth os *na* fydd o yma i drefnu'r cyngerdd?"

Syniad sobor. Babi Huwcyn ap Siôn Ifan oedd pob cyngerdd ym Mhlas Dolwen. Fo oedd yn eu trefnu bob tro. Ato fo yr âi pawb bob tro y byddai problem yn codi'i phen. Teimlai pawb yn well bob amser ar ôl cael sgwrs efo fo gan nad oedd dim o gwbl yn ei gynhyrfu.

"A be ydi pwrpas cael thema ar gyfer cyngerdd os nad ydi o yma i'w feirniadu?" gofynnodd Fflur. "Ei syniad o oedd cael thema." Tawodd, cyn ychwanegu. "Beth petai o *byth* yn dod yn ôl?"

"Paid â dweud hynna," meddai Llywela, yn swnio'n druenus.

"Taw, Fflur!" dwrdiodd Ffion. "Paid â g'neud môr a mynydd o'r peth! Paid â phoeni," meddai wrth

Llywela. "Malu awyr mae Fflur. Wrth gwrs y daw o'n ôl! Dos di i gysgu a chau dy geg os na elli di feddwl am rywbeth call i'w ddweud," ychwanegodd wrth ei chwaer.

Swatiodd Erin i lawr o dan ei dwfe a diffodd y golau wrth erchwyn ei gwely. Gwnaeth ei gorau glas i geisio anghofio beth roedd Fflur wedi ei ddweud. Ond wedi cau ei llygaid, y cyfan a welai oedd Huwcyn ap Siôn Ifan druan yn gorwedd mor llonydd ar y llawr o hyd a fedrai hi yn ei byw beidio â phoeni yn ei gylch.

Gobeithio, o, gobeithio y bydd o'n teimlo'n well yn fuan, meddyliodd. *Ond beth os oedd Fflur yn iawn? Beth os na fydd o yma i drefnu'r cyngerdd Nadolig?*

10. Argyfwng!

Bore trannoeth roedd golwg ddifrifol iawn ar Erin a'i ffrindiau fel roedden nhw'n cerdded i mewn i'r cyfarfod boreol. Gobeithiai pawb y byddai gan Mrs Powell newyddion da: fod Huwcyn ap Siôn Ifan yn iawn ac y byddai'n ôl yn yr ysgol erbyn y cyngerdd. Ond doedd yr arwyddion ddim yn dda o gwbl. Golwg chwyrn fyddai ar y Pennaeth ar y gorau, heddiw edrychai'n bryderus hefyd.

"Fel mae rhai ohonoch chi'n gwybod, cafodd Huwcyn ap Siôn Ifan godwm ddoe," cychwynnodd. "Clywais o'r ysbyty bore 'ma. Cafodd noson gyffordddus, medden nhw. Bydd yn cael dod adref ychydig cyn y Nadolig."

Rhedodd si drwy'r theatr a phawb yn dechrau dyfalu.

"Ydi hynny'n golygu cyn diwedd y tymor ai

peidio?" sibrydodd Fflur wrth Erin. "Does dim llawer o amser tan hynny."

"Yn anffodus, mae hyn yn golygu na fydd yn ei ôl mewn pryd i ofalu am y cyngerdd," aeth Mrs Powell ymlaen. Griddfannodd pawb yn uchel a chododd Mrs Powell ei llaw i gael tawelwch. "Mae Mr Parri yn garedig iawn wedi cynnig sefyll yn y bwlch a bydd yn gofalu am bethau nes daw Huwcyn ap Siôn Ifan yn ôl y tymor nesaf," ychwanegodd. Ar hyn, cododd si o siarad drachefn.

Edrychodd Llywela yn stowt iawn. "Fydd ganddo fo ddim clem," meddai'n ddiflewyn ar dafod. "Athro canu ydi o! Dydi o ddim wedi trefnu bandiau erioed yn ei fywyd!"

"Mae o'n glên iawn," meddai Erin, yn amddiffyn Mr Parri. "Ac roedd o'n arfer perfformio llawer ei hun." Ond yn ddistaw bach, tueddai i gytuno efo Llywela. Oedd, roedd Mr Parri yn glên iawn, ond doedd hynny ddim yn golygu ei fod yn drefnydd da. Gwyddai ei fyfyrwyr i gyd mor hawdd oedd hi i dreulio gwers yn sgwrsio yn hytrach na dal ati i weithio. Roedd o'n athro ardderchog ar gyfer pobl fel Erin a Fflur a Ffion, a oedd o ddifri calon ynghylch eu gwaith. Ond doedd o ddim yn dda am gadw trefn ar grwpiau mawr ac roedd yn hawdd iawn mynd â'i sylw. Gallai cael rhywun fel hynny yn gofalu y cyngerdd fod yn wirioneddol drychinebus!

"Dwi'n siŵr y byddwch chi i *gyd* eisio cydweithio efo Mr Parri a'i helpu i wneud y cyngerdd yma'n llwyddiant mawr," meddai Mrs Powell. "Adegau fel hyn sy'n dangos gwir broffesiynoldeb. Yn awr, yn fwy nag erioed, bydd y staff angen eich llwyr ymroddiad. Bydd y perfformiadau gorau, wrth gwrs, yn cael marciau Sêr y Dyfodol, fel arfer, felly does dim esgus i laesu dwylo. Mae Mr Parri yn galw cyfarfod yn y theatr ar ôl ysgol. Gofalwch fod yno'n brydlon."

"Beth am y gystadleuaeth thema?" gwaeddodd rhywun o gefn yr ystafell.

Edrychai'r Pennaeth o'i cho'n las. Doedd neb yn arfer meiddio torri ar draws un o'r chyfarfodydd hi.

"Byddaf yn ymweld â'r ysbyty heno," aeth ymlaen, yn anwybyddu'r cwestiwn. "Felly os bydd rhywun am anfon cerdyn at Huwcyn ap Siôn Ifan, gadewch o yn y dderbynfa a byddaf yn falch iawn o fynd ag o iddo." Syllodd Mrs Powell yn graff i gefn yr ystafell am funud. "Ifan Peredur?" meddai'n ddeifiol o gwrtais. "Hoffwn dy weld yn f'ystafell os gweli di'n dda. Dyna'r cyfan. Ewch allan yn ddistaw. Mae bron yn amser eich gwers gyntaf."

Tynnodd Erin stumiau ar Ffion. "Mae Ifan mewn helynt," sibrydodd. "Codi'i lais yn y cyfarfod boreol o bopeth!"

"Yn *ddistaw*, ddwedais i!" siarsiodd y Pennaeth, a chaeodd Erin ei cheg yn glep.

Wedi mynd yn ôl i'r coridor, gwahanodd pawb i fynd i'w gwersi.

"Wel, dwi'n falch fod Huwcyn yn iawn," meddai Fflur ar y ffordd i daearyddiaeth. "Ond dwi'm yn meddwl fod Mr Parri yn ddewis da o gwbl i drefnu'r cyngerdd. Bydd yn gwbl *anobeithiol*."

"A beth am y themâu?" holodd Dan, fel roedd Cochyn ac yntau yn cyrraedd at y genethod. "Syniad Huwcyn oedd hynna. Fo oedd yn mynd i'w beirniadu. Dydi o ddim yn teimlo'n iawn, rywfodd, i ddal ati ac yntau ddim yno i weld yr hwyl."

"Does gen i ddim awydd gwisgo'r dillad ceffyl hurt yna rŵan," meddai Cochyn yn ddigalon. "Does gen Charlie ddim chwaith. Dan ni wedi difetha'r amp yna roedd Huwcyn mor hoff ohono, ac wedi torri'r symbal. Trychineb oedd o. Arnon ni roedd y bai ei fod o wedi syrthio."

"Paid â dweud hynna!" meddai Erin. "Llithro wnaeth o."

"Ond welais i 'rioed o mor flin o'r blaen," mynnodd Cochyn. "A'n bai ni oedd hynny. Wedi inni ddweud wrtho fo fod yr amp wedi torri y trôdd yn drwsgl a syrthio. Petaen ni ddim wedi bod yn cadw reiat, fyddai hyn i gyd ddim wedi digwydd."

"Peidiwch â gweld bai arnoch eich hunain," meddai Llywela yn bigog. "Damwain oedd hi. Ydach chi'n cofio sut y baglodd o ar y llwyfan y diwrnod o'r blaen? Roedd Huwcyn dan gymaint o straen ac yn gorweithio a *phawb* ohonon ni'n g'neud trafferth iddo. Yr ysgol sydd ar fai. Dylai fod wedi cael athro arall i'w helpu flynyddoedd yn ôl."

"Ond dydi o ddim eisio neb arall," meddai Dan. "Ddwedodd o wrtha i'r tymor diwetha fod yr ysgol eisio cael rhywun i'w helpu, ond roedd o wedi gwrthod yn bendant."

"Wel, ella y bydd o'n newid ei feddwl rŵan," meddai Fflur. "Gobeithio beth bynnag."

"Dwi'm yn meddwl 'mod i eisio dal ati efo'n thema gyngerdd ni erbyn hyn chwaith," meddai Fflur. "Sut allwn i ddynwared Huwcyn ac yntau yn yr ysbyty? Fyddai o ddim yn iawn!"

"Bechod, ynte?" meddai Erin, yn meddwl am y cagla rasta ffug roedd hi a Ffion wedi cael cymaint o hwyl yn eu gwneud allan o edafedd llwyd ar gyfer Fflur. Fyddai neb yn gweld cymeriad Fflur yn ddoniol a Huwcyn druan yn yr ysbyty.

Llusgodd y diwrnod ysgol ymlaen, y gwersi fel petaen nhw am bara am byth. O'r diwedd roedd yn amser y cyfarfod ynghylch y cyngerdd. Brysiodd Erin i'r theatr gyda phawb arall. Doedd dim golwg o Mr Parri ond ymhen hir a hwyr cyrhaeddodd yno. Erbyn hynny roedd pawb yn clebran yn swnllyd.

"Tawelwch os gwelwch yn dda!" meddai Mr Parri. "Mae cymaint o waith i'w 'neud."

Tawelodd pawb, ond yna dechreuodd pobl

saethu cwestiynau ato ac ymdrechodd yntau i gadw trefn ar bawb.

"Fydd raid inni roi'r gorau i'n themâu rŵan?" gofynnodd rhywun.

"Ydi'r symbal newydd wedi cyrraedd bellach?"

"Pa ampiau fyddwn ni'n eu defnyddio?"

"Gaiff ein dosbarth ni berfformio yn drydydd yn lle'n ail?"

Roedd Mr Parri'n mynd i edrych yn fwy poenus bob eiliad. Doedd dim cyfle iddo ateb y cwestiwn cyntaf yn iawn cyn i dri arall gael eu saethu ato.

Suddodd calon Erin wrth wrando. Roedd hi wedi bod yn edrych ymlaen gymaint at y cyngerdd eleni, yn arbennig gan iddi golli un llynedd oherwydd problemau gyda'i llais. Ond erbyn hyn roedd popeth yn mynd o chwith. Doedd Huwcyn ddim ar gael. I bob golwg, nid y perfformiad llyfn, caboledig arferol fyddai'r cyngerdd Nadolig eleni. Byddai popeth yn draed moch!

11. Problemau Mr Parri

Roedd Mr Parri yn dechrau colli'i limpyn. Rhoddodd y gorau i geisio ateb y cwestiynau a churo'i ddwylo yn uchel.

"Tewch!" bloeddiodd. "DISTAWRWYDD!"

Tawodd pawb yn syth ac edrych arno.

"Does dim pwrpas i mi geisio helpu os na wnewch chi wrando arna i," meddai Mr Parri wrthyn nhw. "Wn i fod hyn wedi bod yn ergyd i bawb, ond mae'n rhaid inni i gyd ddal ati. Mae'r cyngerdd yn dod y nes bob dydd, felly mae'n rhaid i bawb ganolbwyntio'n galed. Rŵan ... " Cymerodd wynt mawr a chyfri'r atebion ar ei fysedd.

"Yn gyntaf: dwn i ddim byd ynghylch ampiau. Felly wnaiff pwy bynnag sy'n deall rhywbeth amdanyn fod yn gyfrifol am gofalu *fod* yna rai ar y llwyfan yn y lle iawn ar yr adeg iawn?"

"Ydi'r falfiau newydd wedi cael eu harchebu –?"

Anwybyddodd Mr Parri y cwestiwn. "Yn ail: Dwi ddim am newid y drefn berfformio, felly dach chi ddim haws â gofyn." Petrusodd am funud, yna goleuodd ei wyneb. "O, ie. Yn drydydd: Does gen i ddim clem ynghylch archebu offerynnau, felly dwn i ddim a ydi'r symbal wedi dod. Ond dwi'n siŵr eich bod chi ddrymwyr yn berffaith debol o gael hyd i symbal da o rywle."

"Gawn ni agor unrhyw barseli fydd yn cyrraedd i'r Adran Roc, felly?"

Charlie Owen oedd yn holi. Edrychodd Mr Parri yn ddu arno. "Oes yna ddrymiwr yn blwyddyn deuddeg?"

"Oes, fi," meddai llais o ganol y myfyrwyr.

"Pwy ydi hwnna?" gofynnodd Mr Parri. "O, ie. Carl. Ydi hi'n bosib ichi ddrymwyr ddefnyddio un o'ch symbalau chi'ch hunain ar gyfer y cyngerdd?"

"Wrth gwrs," oedd yr ateb tawel. "Does dim raid i chi boeni am hynny."

"Diolch iti," meddai Mr Parri. "Rŵan, ynghylch y themâu dach chi wedi'u dewis ar gyfer y gystadleuaeth." Edrychodd yn ddifrifol ar y myfyrwyr.

"Dwi'n sylweddoli mai syniad Huwcyn oedd yr agwedd wahanol yma ar gyfer y cyngerdd a bod rhai ohonoch chi wedi bod yn meddwl tybed ddylen ni fynd yn ôl at yr hen drefn." Tawodd am eiliad, ond roedd pawb yn dal i wrando. "Teimlo ydw i y dylech chi 'neud beth bynnag dach chi hapusa'n ei 'neud," meddai.

"Ella y bydd rhai ohonoch chi eisio mynd yn ôl at berfformiad syml, ond y bydd eraill eisio dal ati efo'r themâu. Fedra i ddeall y ddau safbwynt. Felly trafodwch y peth efo'ch gilydd a gadewch i mi wybod beth fydd eich penderfyniad yn nes ymlaen."

Rowliodd Fflur ei llygaid ar Erin. "Fo ddylai benderfynu," meddai hi o dan ei gwynt. "Mae'n rhaid i *rywun* ein cyfarwyddo ni, neu fydd o'r naill beth na'r llall."

"Felly, rhaid dal ati!" meddai Mr Parri. "Mae trefn Huwcyn gen i yn fan'ma. Ymlaen â'r sioe!"

Swniai'n obeithiol ac yn galonogol, ond sylweddolai Erin fod Mr Parri druan mewn andros o dwll heb Huwcyn yn gefn iddo.

"Ddaw ein tro ni ddim am hydoedd, felly dwi'n

mynd i nôl tipyn o ffrwythau o'r stafell fwyta," meddai Charlie.

"Ddo i efo ti," meddai Cochyn. "Wyt ti'n dod, Dan?"

"Ydw," meddai Dan. "Paid â phoeni," meddai wrth Fflur. "Ddown ni'n ôl ar ein hunion. Ddaw ein tro ni ddim am ugain munud beth bynnag."

Ochneidiodd Fflur yn drwm. "Well i chi fod yma," meddai wrtho. Gwyliodd y bechgyn yn diflannu ac yna trodd at Erin. "Bydd yn drychinebus os bydd rhai yn gwneud perfformiad ar thema a'r lleill yn g'neud rhywbeth gwahanol," meddai hi. "Llanast o gyngerdd fydd o. Pam na fasa Mr Parri'n g'neud penderfyniad iawn ac yn dweud wrthon ni be mae o eisio inni'i 'neud?"

"Wel, mae'n debyg fod rhai pobl fwy ar y blaen gyda'u themâu na'r gweddill," meddai Erin. "Fel y dosbarth blwyddyn deg sy'n perfformio caneuon fu yn rhif un yn y siartiau. Mae'n rhy hwyr iddyn nhw ddysgu caneuon newydd erbyn hyn."

"Ydi, debyg," cytunodd Fflur yn gyndyn.

"Felly be dan *ni*'n mynd i 'neud?" gofynnodd

Ffion. "Ydan ni'n mynd i gadw at y thema neu'n mynd i 'neud rhywbeth arall?"

"Rhoi'r gorau iddi," meddai Fflur yn bendant. "Dwi'm yn meddwl fod neb eisio dal ati bellach. Roedd ein thema ni'n mynd i fod yn wirioneddol ddoniol, ond fydd neb yn chwerthin rŵan."

Roedd amryw o bobl yn sôn am roi'r gorau i'w themâu. Yn sicr byddai'n haws canolbwyntio ar eu perfformiadau cerddorol, ond teimlai Erin yn ddigalon iawn. Aeth yr ymarfer yn iawn, ond er bod pawb yn gwneud eu gorau glas, rhyw berfformiad digon pethma oedd o.

"Does dim pwrpas cael ymarfer llawn gan fod cymaint o bobl yn rhoi'r gorau i'w themâu," meddai Erin wrth Ffion fel roedden nhw'n mynd i gael te yn ddiweddarach. "Does dim rhaid inni boeni ynghylch y pytiau cyswllt na dim byd."

"Rwyt ti'n iawn," cytunodd Fflur. "Pam dan ni i gyd yn sefyllian yn fan'ma? Dan ni'n gwybod trefn y cyngerdd. Y cyfan sy raid inni ei 'neud ydi gofalu ein bod yn cyrraedd yno mewn pryd ac yn perfformio'n rhannau unigol fel dan ni wedi arfer g'neud."

"Dwi'm yn dod i'r ymarfer nesa," meddai Llywela yn sorllyd wrth roi platiad o gaws macaroni ar ei hambwrdd. "Rwyt ti'n dweud y gwir, Erin. Gwastraff amser fydd o ..."

Edrychodd Erin arni'n filain. "Ddwedais i ddim nad oeddwn i am ddod," meddai hi. "Mae'n rhaid inni gefnogi Mr Parri. Dydi o erioed wedi trefnu cyngerdd o'r blaen a dwi'n siŵr ei fod o'n g'neud ei orau glas."

"Os awn ni, allwn ni roi cyngor iddo ," awgrymodd Fflur.

"Hy!" wfftiodd Llywela.

Ond er hynny, daeth Llywela i'r ymarfer drannoeth, er mai sefyll yn y cefn efo'i breichiau wedi plethu drwy'r adeg fel petai ddim yn bwriadu gwneud fawr ddim wnaeth hi.

Y tro hwn, roedd Mr Parri yno'n aros amdanyn nhw ac er syndod i Erin roedd ganddo recordydd tâp bychan o dan ei gesail.

"Pan aeth y Pennaeth i weld Huwcyn ap Siôn Ifan neithiwr, roddodd o rywbeth ar eich cyfer chi iddi hi," cyhoeddodd gyda gwên. "Dyma fo yn fan'ma."

"Be ydi o?" gofynnodd Llywela, yn gwthio i'r tu blaen. "Sut mae o?"

Gwyliodd y myfyrwyr Mr Parri yn plygio'r recordydd tap i mewn. "Neges sy gen i," eglurodd. "A gyda llaw, diolch i Owain Tudur am ddangos sut i gysylltu'r tâp yma efo system sain y theatr."

"Wel dowch 'laen," meddai Llywela yn bryderus. "Gadewch i ni ei glywed o."

Chlywodd Mr Parri ddim beth ddywedodd hi. Roedd yn rhy brysur yn ffidlan efo'r recordydd ac yn troi'r tâp yn ôl i'r dechrau.

"Dwi'n sâl eisio gwybod be sy ganddo fo i'w ddeud," meddai Erin wrth Ffion.

"Taw!" meddai Llywela gan roi pwniad iddi.

Cododd Mr Parri ei law am dawelwch. Gwyliodd pawb fel roedd o'n troi'r recordydd ymlaen a llais Huwcyn yn llenwi'r sytafell.

"Wel, does gen i ddim byd i'w ddweud wrth y miwsig sy ar radio'r ysbyty," meddai llais mawr Huwcyn.

Doedd ansawdd y sain ar y tâp ddim yn dda iawn, ond roedd yn ddigon hawdd adnabod y llais.

Sylweddolodd Erin ei bod hi'n gwenu wrth glywed ei sylw crafog.

"A dyma fi efo fy ffêr mewn plaster, tra dach chi'n rhoi sglein ar y Cyngerdd Nadolig." Daeth saib. "Ro'n eisio bod yna, ond cha i ddim gan y doctoriaid 'ma. Maen nhw'n mynnu 'mod i'n gorffwyso. Cha i ddim hyd yn oed chwarae fy ngitâr yn y ward ganddyn nhw!"

Chwarddodd pawb cyn tewi'n sydyn wrth i Huwcyn ddechrau dweud rhywbeth arall. Doedd neb eisio colli'r un gair roedd yn ei ddweud.

"Ond peidiwch chi â meddwl y bydd hynny'n fy rhwystro i rhag cadw llygad arnoch chi," meddai wrthyn nhw. "Cofiwch chi fod pob cyngerdd yn cael ei ffilmio ar gyfer archif yr ysgol. A dwi'n mynd i ofyn i Mrs Powell ofalu 'mod i'n cael copi imi gael gweld eich bod chi'n g'neud y gorau o'r themâu dach chi wedi'u dewis. Tybed fydda i'n cytuno efo dewis y staff o'r enillydd? Gofalwch beidio fy siomi i! Byddaf *wir* angen tipyn o adloniant Nadoligaidd eleni!"

Diffoddodd Mr Parri y recordydd tâp. Diflannodd Huwcyn ap Siôn Ifan. Ond roedd Erin wedi teimlo ei bresenoldeb, bron fel petai wedi bod yno yn y cnawd. Ac roedd ei eiriau wedi newid popeth.

"Mae'n *rhaid* inni gadw at ein thema rŵan," meddai hi'n daer wrth Fflur. "Mae o'n dibynnu arnon ni i gyd i ddal ymlaen fel petai o ddim wedi cael damwain o gwbl."

"Ond fydd o ddim eisio i ni fod yn geffyl pantomeim," meddai Cochyn. "Wnâi hynny ddim byd ond ei atgoffa o'r niwed dan ni 'di 'neud."

"Ond mae'r ceffyl pantomeim yn *ddoniol,*" atgoffodd Llywela o. "Ac mae o angen hwyl! Os rhowch chi berfformiad gwerth chweil, gallai godi'i galon o'n arw."

"Waw!" meddai Erin, yn edrych yn edmygus iawn ar Llywela. "Dyna un o'r pethau callaf glywais i ti'n ddweud erioed!"

Roedd y theatr yn llawn o fyfyrwyr wrthi'n siarad bymtheg y dwsin. Yn sicr, roedd neges Huwcyn wedi gwneud argraff ddofn. Syllodd Erin ar y goeden oedd yn sêr euraid, disglair o'r brig i'r bôn. Rhedodd ias fechan o gyffro drwyddi. *Nadolig – HWRÊ!* meddyliodd yn sydyn, yn sicr ynddi'i hun y dylen nhw ddal ati gyda'u thema yn union fel roedden nhw wedi bwriadu.

"Peidio newid dim byd o gwbl," meddai'n bendant wrth Fflur. "Dan ni'n bobl broffesiynol! Felly dydan ni byth yn rhoi'r ffidil yn y to! Dyna oedd neges Huwcyn, ynte?"

"Does gynnon ni ddim dewis," cytunodd Fflur. "Mae o'n gwybod pa thema roedden ni'n mynd i'w 'neud, felly bydd yn siŵr o sylwi'n fuan iawn os byddwn ni'n gadael rhywbeth allan. Mae'n rhaid cadw'r ceffyl pantomeim. Ond er mwyn popeth, dim rhagor o ddamweiniau!"

"Beth amdanat ti'n dynwared Huwcyn?" gofynnodd Ffion. "Wyt ti'n mynd i 'neud hynny o hyd? Doedd o ddim yn gwybod am hynny, nac oedd?"

"Be dach chi'n feddwl?" gofynnodd Fflur.

Edrychodd pawb ar naill a'r llall. Doedd neb yn rhyw siŵr iawn beth i'w ddweud. Llywela benderfynodd o'r diwedd.

"Ella y byddai rhai yn meddwl ei fod braidd yn bethma," meddai hi. "Ond dwi'n dal i feddwl y byddai

Huwcyn yn chwerthin – a dyna sy'n bwysig. Ond, Fflur, gofala fod gen ti rwymyn ar un ffêr a dy fod yn defnyddio ffon. Neu bydd Huwcyn yn siŵr o gwyno dy fod wedi esgeuluso'r manylion!"

"Iawn," cytunodd Fflur. "Wna i hynna."

Bu Nyrs Morgan, a ofalai am y gwisgoedd ar gyfer perfformiadau yn ogystal ag edrych ar ôl myfyrwyr sâl, yn brysur iawn yn chwilio am ddillad addas erbyn y cyngerdd. Doedd Fflur, Ffion nac Erin ddim angen ei help, ond cafodd Nyrs Morgan hyd i glogyn gwych i Llywela ei gwisgo efo'i dillad llysfam gas. Dringodd Cochyn a Charlie i mewn i'w gwisg geffyl yn ofalus iawn gan ymarfer yn fwy penderfynol fyth ac yn gydwybodol iawn.

Aeth yr amser heibio yn gynt na'r gwynt gydag ymarferion yn cael eu gwasgu i bob eiliad rhydd. Dim ond ychydig ddyddiau oedd tan y cyngerdd, ond roedd yn rhaid meddwl am bethau eraill hefyd. Cyn gynted ag y byddai'r sioe ar ben, byddai'n ddiwedd y tymor. Byddai'r rhan fwyaf o'r rhieni yn dod i'r perfformiad er mwyn mynd â'u plant adref wedyn. Berwai Erin o gyffro wrth feddwl am gael gweld ei theulu eto. Edrychai hanner tymor, pan fu hi adref ddiwethaf, yn bell iawn i ffwrdd. Roedd y myfyrwyr yn cael gadael y rhan fwyaf o'u pethau yn yr ysgol dros y gwyliau, ond roedd rhywfaint o waith pacio i'w wneud ac roedd yn rhaid ysgrifennu cardiau i'w holl ffrindiau ysgol: *NADOLIG! NADOLIG! HWRÊ! HWRÊ! HWRÊ!*

12. Diwrnod y Cyngerdd

Yn ystod y cyfarfod boreol olaf cyn y cyngerdd, cafodd pawb wybod yr hanes diweddaraf am Huwcyn ap Siôn Ifan gan Mrs Powell. "Mae'r meddygon yn fodlon iawn ar y ffordd y mae'r ffêr yn asio," meddai hi wrthyn nhw. Yna, petrusodd, yn edrych ar yr wynebau pryderus islaw iddi. "Ond, yn anffodus, mae'n rhaid imi eich rhybuddio chi na fydd yn ôl efo ni ar ddechrau'r tymor nesaf."

Roedd pawb yn siomedig iawn.

"Mae o wedi cytuno i orffwyso'n llwyr am fis neu ddau," meddai hi. "Pan ddaw o'n ôl, dwi'n gobeithio y bydd pob un ohonoch chi'n barod i helpu gymaint fyth ag y medrwch yn yr Adran Roc."

Clywyd si o gytuno y munud hwnnw.

"Dwi'n mynd i'r ysbyty i'w weld o," meddai Llywela yn bendant fel roedden nhw'n mynd allan o'r neuadd.

"Pam?" gofynnodd Dan. "Glywaist ti beth ddwedodd y Pennaeth. Mae o angen gorffwys llwyr. Pa help fydd i ti fynd i'w weld o?"

"Chei di byth fynd i mewn," meddai Ffion. "A beth bynnag, chei di ddim caniatâd i fynd i chwaith."

Sylwodd Erin ar y siom fawr ar wyneb Llywela. Ond cytunai Erin gyda Ffion. Châi Llywela byth ganiatâd i fynd i weld yr athro. Gobeithiai na fyddai Llywela'n penderfynu gwneud rhywbeth hurt er mwyn cael ei ffordd ei hun.

Gwibiodd y diwrnod heibio, yn llawn o bethau i'w gwneud ar y munud olaf ar gyfer y cyngerdd yn ogystal â'r gwersi arferol. Yn fuan iawn anghofiodd Erin bopeth ynghylch Llywela. Ond pan biciodd hi'n ôl i'w hystafell i nôl ei gwaith cartref hanes, synnodd weld Llywela yn gwisgo'i chôt ac yn edrych fel petai ar fin cychwyn i rywle.

"Be wyt ti'n 'neud, Llywela?" gofynnodd.

"Dim o dy fusnes di!" arthiodd Llywela, yn llwyddo i edrych yn euog ac yn herfeiddiol ar yr un pryd.

"O, Llywela," meddai Erin, yn sylweddoli beth

oedd hi'n ei wneud. "Fedri di ddim mynd i weld Huwcyn. Byddi dros dy ben a dy glustiau mewn helynt."

"Dim ots gen i," meddai Llywela. "Mae'n *rhaid* i mi ei weld o. Dydyn nhw ddim yn dweud y gwir wrthon ni. Ydi, mae o wedi torri'i ffêr, ond mae rhywbeth arall yn bod hefyd neu fyddai dim rhaid iddo orffwyso am ddeufis! Rwyt ti'n gwybod fel mae o'n gorweithio. Beth petai o wedi penderfynu rhoi'r gorau iddi'n gyfan gwbl ac am ymddeol?"

"Ond dim ond g'neud pethau'n waeth fydd mynd i'w weld o," meddai Erin. "Ac os ydi o wedi cael llond bol arnon ni oherwydd pethau fel yr amp a'r symbal, dim ond g'neud pethau'n waeth fyth fyddi di."

"Deall di hyn:" meddai Llywela yn bendant, "bydd yn ddiwedd y byd i mi os na fydd o yma pan ddown ni'n ôl y tymor nesa. Ac fe allai ddigwydd."

Sylweddolodd Erin yn syth ei bod yn gwbl amhosib iddi ymresymu efo Llywela. Gallai gydymdeimlo â hi. Byddai'n golled ofnadwy petai Huwcyn ddim yn yr ysgol. Oedd hynny'n bosib? Beth petai Mrs Powell ddim yn dweud y gwir wrthyn nhw? Ella bod Huwcyn wedi penderfynu ymddeol yn barod a'r Pennaeth yn ceisio torri'r garw drwy ddweud wrthyn nhw fesul tipyn. Sut allen nhw gael gwybod heb ofyn i Huwcyn ei hun?

"Wyddost ti pryd mae'r oriau ymweld?" gofynnodd Erin i Llywela.

"Gwn siŵr iawn!" meddai Llywela. "Faswn i ddim yn mynd heb gael gwybod hynny! Ffoniais i'r ysbyty ar fy ffôn symudol a dwedon nhw fod yr oriau ymweld o dri tan wyth o'r gloch a *bod* modd cael ei weld."

"Felly does dim rheswm *meddygol* pam na chaiff myfyrwyr fynd i'w weld," meddai Erin yn feddylgar.

"Yn hollol!" meddai Llywela, yn cau'i chôt.

"Felly, beth am 'neud ymweliad *swyddogol?*" cynigodd Erin, fel roedd hedyn syniad yn cychwyn tyfu yn ei phen.

"Be wyt ti'n feddwl?" gofynnodd Llywela, yn oedi wrth gau botwm uchaf ei chôt.

"Wel … " gwenodd Erin ar ei ffrind. "Glywaist ti o'n dweud wrthon ni am beidio'i siomi ac y byddai *wir* angen tipyn o adloniant Nadoligaidd eleni?"

"Do," meddai Llywela yn ddiamynedd.

"Wel, beth am fynd â mymryn bach o'r cyngerdd ato fo?"

"Perfformio'n arbennig iddo fo wyt ti'n feddwl?"

"Ac i unrhyw un arall fyddai eisio gwrando. A dweud y gwir, dyna'r *unig* ffordd inni gael cantiatâd!" meddai Erin.

"Dweud ein bod ni eisio mynd i'r ysbyty i ddiddannu'r cleifion?" meddai Llywela, yn gwenu'n sydyn wedi deall beth roedd Erin yn ei feddwl. "Mae hynna'n syniad gwych. Fyddai Mrs Powell byth yn gwrthod hynna!"

"A thra byddwn ni yno, cawn ni air efo Huwcyn i gael gwybod yn iawn be sy'n digwydd," meddai Erin. "Be dwi'n feddwl," ychwanegodd yn gyflym, "mae'n debyg nad oes 'na ddim byd yn digwydd, ond byddai'n braf petaen ni'n cael gwybod yn iawn gan Huwcyn, yn byddai? O lygad y ffynnon, fel petai?"

Edrychai Llywela'n hapusach nag ers tro. "Ty'd i ddweud wrth y lleill!" meddai hi, yn tynnu'i chôt ac yn ei lluchio ar y gwely.

"Gawn ni fynd i ofyn i Mrs Powell cyn cael te," meddai Erin.

"Iawn," cytunodd Llywela. Gwenodd ac yna edrychodd yn fwy difrifol ar Erin. "Diolch iti," ychwanegodd, er mawr syndod i Erin.

* * *

Roedd pawb yn hoffi syniad diweddaraf Erin ac aeth y grŵp i gyd i ofyn i Mrs Powell. Cytunodd hithau ei fod yn syniad ardderchog a ffoniodd yr ysbyty ar ei hunion i ofyn fydden nhw'n hoffi i'w myfyrwyr hi ddod yno i godi calon y cleifion. Roedd yr ymateb o'r ysbyty yn gadarnhaol ac yn werthfawrogol iawn.

"Mae'r staff wrth eu bodd," meddai'r Pennaeth wrth Erin. "Dylen ni fod wedi meddwl am 'neud y math yma o beth cyn hyn. Bydd y staff yn mwynhau'r cyfan gymaint a'r cleifion, medden nhw. Da iawn, Erin, am feddwl am syniad mor dda!"

Gwridodd Erin. Allai hi ddim cyfaddef mai syniad i gadw Llywela allan o drybini oedd o yn y lle cyntaf!

"Mae'n rhaid penderfynu pryd fydd yr adeg gorau ichi fynd yno," meddai Mrs Powell. "Fory ydi diwrnod olaf y tymor, a rhwng y cyngerdd a phopeth, bydd yn ddiwrnod prysur iawn."

"Beth am inni fynd yn syth ar ôl y cyngerdd?" gofynnodd Erin. "Dydi'r ysbyty ddim yn bell, nac ydi? Gallen ni berfformio i'r cleifion tra bydd pawb arall yn yr ysgol yn cael tamaid i fwyta ar ôl y perfformiadau."

"Byddai hynny'n gweithio'n iawn," cytunodd Mrs Powell. "Ond mae'n rhaid i mi gysylltu â'ch perthnasau i gael eu caniatâd. Dwi'm eisio fflyd o rieni blin yn fy mhen yn methu deall ble mae'u plant nhw wedi mynd!"

"Fe decstiwn ni nhw hefyd," meddai Fflur. "Ond peidiwch â phoeni. Mae'r rhieni i gyd bob amser yn clebran efo'i gilydd am hydoedd ar ôl y cyngerdd Nadolig. Go brin y byddan nhw'n sylwi nad ydan ni ddim yno."

"I ffwrdd â chi, felly," meddai'r Pennaeth. "Ofala i am ganiatâd gan eich rhieni ac am gael rhywun i fynd â chi i'r ysbyty."

"Ardderchog!" meddai Fflur, y munud yr aethon nhw allan o swyddfa Mrs Powell. "Gawn ni andros o sbort! Da iawn, Erin, am feddwl am y peth!"

"Dau berfformiad mewn un diwrnod!" meddai Fflur, yn swnio'n fodlon iawn. "Be dach chi'n feddwl o hynna!"

Gwenodd Llywela yn gynnil ar Erin. Gwenodd Erin yn ôl yn llawen iawn. Pawb yn hapus a'r Nadolig bron yma! *Hwrê*!

*   *   *

Drannoeth, cododd y genethod yn gynnar. Wedi tynnu'r dillad oddi ar y gwelyau a gorffen pacio, gadawyd eu bagiau yn barod i'w llwytho i geir eu rhieni. Am ei fod yn ddiwrnod cyngerdd, doedd dim gwersi drwy'r dydd er mwyn i bawb fedru rhoi'r sglein olaf ar eu perfformiadau. Rhedodd Llywela i'r Adran Roc lle roedd hi i fod i fynd drwy'r gân efo Dan, Ed a Ben. Aeth Fflur a Ffion i ymarfer eu deuawd. Chwiliodd Erin am gornel dawel er mwyn gofalu fod ei chân mor berffaith fyth â phosib.

Ond roedd pob ystafell ymarfer yn llawn. Doedd dim lle yn unman. Roedd rhywun yn canu neu'n chwarae offeryn ym mhobman. *Wn i*! meddai wrthi'i hun wrth fynd heibio i ystafell lawn arall. *Bydd yn oer yno, ond bydd lle arbennig Huwcyn yn siŵr o fod yn wag!*"

Roedd hi wedi cynhyrfu'n ddychrynllyd y diwrnod y daeth hi i Blas Dolwen am gyfweliad ac wedi dianc allan i gornel ar ei phen ei hun. Doedd yr ardd fechan o fewn yr adeilad ddim wir yn gudd nac yn gyfrinach, ond doedd fawr neb yn sylweddoli ei bod yno. Dyna pam y byddai Huwcyn yn bwyta'i ginio yno'n aml, mae'n debyg.

Gwthiodd Erin y drws ar agor. Doedd neb yno. Aeth draw at yr hen fainc ac eistedd i lawr. Doedd yr haul byth yn cyrraedd yno ar yr adeg hon o'r flwyddyn. Roedd hi'n oer yno, ond doedd dim ots gan Erin. Eisteddodd am funud yn cofio'r tro cyntaf iddi gyfarfod Huwcyn ap Siôn Ifan.

Roedd hi wedi rhedeg yma yn sicr nad oedd ganddi obaith o gael lle yn yr ysgol am ei bod wedi gwneud cymaint o lanast o'r cyfweliad. Roedd

Huwcyn wedi ei gweld hi'n crio yno. Doedd hi erioed wedi ei gyfarfod o'r blaen, ond roedd o wedi aros yno efo hi am hydoedd yn ei thawelu, a hyd yn oed wedi mynd â hi'n ôl at Mr Parri i ofyn a gâi hi ail gyfle.

Roedd gan Erin ddyled fawr i Huwcyn ac roedd ganddi feddwl y byd ohono. Ond roedd ei ddamwain wedi gwneud iddi sylweddoli mor uchel ei barch oedd o gan bawb. Efallai fod gan lawer o fyfyrwyr eraill ddyled iddo hefyd a'i fod wedi'u helpu hwythau. Ond erbyn hyn roedd o wedi torri ei ffêr ac angen gorffwys hir. O feddwl am y peth yn ddifrifol, gallai Llywela fod yn llygad ei lle. Roedd yr athro wedi ymddeol o deithio gyda'i fand yn barod. Byddai'n sicr o fod eisiau ymddeol o Blas Dolwen hefyd – yn fuan iawn, efallai.

Roedd yn gas gan Erin feddwl am yr ysgol heb Huwcyn ap Siôn Ifan, ond gwyddai y byddai'r athro eisiau i'w fyfyrwyr ganolbwyntio ar eu gwaith a bod yn broffesiynol. Beth bynnag ddigwyddai, gwyddai hefyd mor awyddus fyddai'r athro iddi berfformio'n well nag erioed heddiw. Ei dyletswydd hi a phawb arall oedd gwneud hynny iddo. Felly cododd ar ei thraed ac ymarfer anadlu. Yna canodd y gân roedd hi wedi'i hymarfer efo Mr Parri. Swniai ei llais yn dda a allai hi ddim fod wedi canu'n well.

Erbyn iddi orffen, roedd yn bryd i fynd i wylio am ei rhieni'n cyrraedd. Byddent yno unrhyw funud a hithau'n dyheu am eu gweld nhw. Gadawodd yr ardd fechan a rhedeg i'r prif adeilad. Roedd rhai rhieni yno'n barod a rhagor o geir yn cyrraedd y naill ar ôl y llall.

"Dyna gar dy fam!" meddai wrth Ffion, yn mynd at yr efeilliaid wrth y drws ffrynt.

Crensiodd y Mercedes gloyw dros y cerrig mân ac aros. Daeth Mrs Lewis allan. Gwyliodd Erin yr efeilliaid yn rhuthro i'w chyfarfod, y tair yn edrych yn dlws ryfeddol.

Wedi iddyn nhw fynd i gael cinio, gwelodd Erin gar ei rhieni hi yn dod i fyny'r ffordd at y tŷ. Rhuthrodd i agor drws y car wedi iddo ddod i stop.

"Ydan ni'n hwyr?" gofynnodd ei thad. "Sôn am draffig trwm!"

"Nac ydach. Dach chi'n union ar amser!" meddai

Erin yn ei gofleidio'n dynn. Cofleidiodd ei mam hefyd ac yna agorodd y drws cefn. Roedd Dion bach yn ymestyn ei freichiau i gael ei godi allan o'r car.

"Fi 'fyd!" meddai.

"Aros funud bach," meddai hi wrtho, tra oedd hi'n ymbalfalu i agor ei harnais. "Dyna chdi!"

Roedd yn fendigedig bod efo'i theulu eto, ond yna sylwodd Erin ar Llywela yn loetran ger y drws yn edrych yn hiraethus ar y teuluodd i gyd. Fel arfer, byddai Llywela'n mynd adref mewn tacsi am fod ei rhieni'n rhyw brysur i ddod i nôl eu merch. Sylweddolodd Erin mor ffodus oedd hi fod ei theulu hi wedi dod i'r cyngerdd. Gallai fforddio eu rhannu am dipyn. "Ty'd i gael cinio efo ni, Llywela," meddai. "Cyn inni fynd i wisgo amdanom. Bydd yn amser i'r cyngerdd ddechrau 'mhen fawr o dro!"

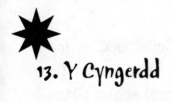

13. Y Cyngerdd

Dymuniad mewn eiliad
Dyna yw'r syniad!
Dymunaf fedru canu fel ERIN ELIS!

Roedd y theatr yn llawn dop o rieini a'r cyngerdd ar ei anterth. Yn amlwg roedd y gynulleidfa'n gwerthfawrogi'r thema pantomeim a'r ceffyl wedi gwneud i bawb rowlio chwerthin. Ond yn awr, tro Erin oedd hi. Wedi sibrwd y geiriau yn uchel, yn gyffrous ac yn ddramatig iawn, syllai'n daer ar y drych hud ac estynnodd llaw Ffion y meicroffon iddi. Cydiodd Erin ynddo a symud at flaen y llwyfan. Chwyddodd y gerddoriaeth a dechreuodd ganu.

Fel arfer, gwisgai dop a jîns i ganu, ond heddiw roedd gwisg wen Fflur â'r darnau bach arian drosti amdani a'i hesgidiau gloywon am ei thraed.

Roedden nhw'n ei gwneud iddi deimlo'n arbennig iawn, fel petai'n dywysoges. Ie! Gwisg fel hon oedd gan Ulw-Ela pan aeth hi i'r ddawns!

Roedd yn hwyl gwisgo dillad crand am unwaith, ond canolbwyntiai Erin yn gyfan gwbl ar ei pherfformiad o hyd. Roedd hi eisiau gwneud ei gorau er mwyn ei rhieni ac i Mr Parri, a oedd yn sefyll yn bryderus y tu ôl i'r llenni ar ochr y llwyfan yn cydio yng nglipfwrdd Huwcyn ap Siôn Ifan, ac hefyd, wrth gwrs er mwyn Huwcyn a fyddai'n gwylio'r recordiad o'r cyngerdd. Ond hefyd roedd hi eisiau gwneud ei gorau glas er ei mwyn hi ei hun. Roedd hi'n gwbl benderfynol o gael gyrfa fel cantores. Gwyddai na fedrai hi byth wneud hynny heb fod yn gwbl broffesiynol. Canodd â'i holl galon a phan dawodd y nodau olaf a'r gymeradwyaeth yn dechrau, teimlai'n fodlon braf. Yn awr gallai hithau ymlacio a mwynhau perfformiadau gweddill ei ffrindiau.

Daeth y ceffyl pantomeim ymlaen drachefn a ffrwydrodd y chwerthin drwy'r theatr wrth i hanner ôl Charlie faglu wrth ddilyn hanner blaen mwy urddasol Cochyn. Roedd y gynulleidfa i gyd yn mwynhau dawns Cochyn a chwarddodd pawb wrth i Fflur ddynwared Huwcyn ap Siôn Ifan, er efallai y bydden nhw wedi chwerthin mwy petai Huwcyn ei hun yno.

Aeth pethau'n draed moch braidd pan ddaeth tro Llywela, Dan, Ed a Ben i ddymuno. Gan eu bod nhw'n chwarae efo'i gilydd, roedd yn rhaid iddyn nhw ddymuno efo'i gilydd hefyd a'r drych hud yn brysur iawn wrth i'r gitarau a'r ffyn drymio gael eu rhoi drwyddo. Aeth popeth yn iawn nes i *Rickenbacker* Llywela fynd yn sownd yn y llen arian, sef y drych ffug.

"Paid â thynnu!" sibrydodd Ffion y tu cefn i'r llen, wrth geisio cael y gitâr fas yn rhydd.

"Brysia wir!" crefodd Llywela yn ddistaw. "Fedra i ddim aros yn fan'ma yn hir eto!"

Diolch byth! meddyliodd Erin pan ddaeth y gitâr fas yn rhydd a Llywela yn rhuthro i'w phlygio i mewn i amp.

Deuawd Fflur a Ffion oedd uchafbwynt y thema. Roedd Erin yno'n barod i helpu Fflur i dynnu'r wig cagla rasta ac i roi gwisg yr un ffunud â'r un a wisgai Ffion amdani.

"Da iawn!" sibrydodd Erin fel roedd Fflur yn newid mewn chwinc a Ffion wedi rhoi'r blodau o'r neilltu. Roedd Cochyn a Charlie yn cadw'r gynulleidfa yn ddiddig iawn wrth i'r genethod roi trefn ar wallt Fflur. Yna safodd Fflur tu cefn i'r drych hud. Roedden nhw wedi ymarfer yr effaith bod un eneth yn edrych fel adlewyrchiad o'r llall yn fanwl. Gofalodd Erin fod y ddwy yn y lle iawn ac yna symudodd y llen i'r ochr gan ddangos Fflur yn ffrâm y drych.

Daliodd y gynulleidfa ei gwynt. Cyn hyn roedd yn amlwg mai darn o len arian yn hongian mewn ffrâm oedd y drych, ond rŵan, a'r deunydd wedi mynd, edrychai fel petai Ffion wir yn cael ei hadlewyrchu. Canodd yr efeilliaid bennill cyntaf eu cân fel petaen nhw'n un person ac adlewyrchiad, ond ar gyfer yr ail bennill, camodd Fflur drwy'r drych a chydio yn llaw ei hefaill. Gorffennodd y ddwy y gân fel Fflur a Ffion, y ddeuawd enwog. Yna camodd Fflur yn ôl drwy'r ffrâm i fod yn adlewyrchiad o Ffion drachefn. Roedd y gymeradwyaeth yn fyddarol ac roedd yn rhaid i holl gymeriadau'r pantomeim ddod at flaen y llwyfan i foesymgrymu gyda'i gilydd.

Gwenodd Fflur ar Erin fel roedden nhw'n mynd oddi ar y llwyfan drachefn. "Wyt ti'n meddwl fod gynnon ni obaith ennill y wobr 'na?" meddai.

"Ydw!" meddai Erin yn bendant.

Ond doedd dim amser i longyfarch y naill na'r llall. Roedd Mrs Jones, cyfeilyddes yr ysgol, wedi cynnig mynd ag Erin a'i ffrindiau i'r ysbyty ac am fynd â nhw y munud hwnnw, cyn diwedd y cyngerdd Nadolig. Golygai hynny na fydden nhw'n gweld y perfformiadau eraill. Ond y fantais oedd na fyddai'n rhaid i'w rhieni aros mor hir cyn mynd â'u plant adref.

Sleifiodd Erin a'r gweddill o'r theatr yn eu dillad actio o hyd. Fel roedden nhw'n mynd drwy'r drws, clywent nodau cân Nadolig enwog yn eu dilyn i lawr y coridor.

"Dwi'n falch 'mod i'n colli'r thema yna!" gwenodd Dan. "Fu gen i fawr i'w ddweud wrth ganeuon Nadolig ar frig y siartiau!"

I mewn i fws mini'r ysgol â nhw yn cario dwy gitâr

acwstig. Roedd gan Dan damborin a chlychau er mwyn ychwanegu tipyn o sŵn band taro i'r cyfan.

"Dyma chi," meddai Mrs Jones. "Cymerwch rhain – tipyn o addurniadau Nadolig ychwanegol ichi!" Rhoddodd focs o drugareddau Nadolig iddyn nhw.

Wrth chwilota drwyddyn nhw, cafodd Erin a Dan hyd i ddwy het Santa Clôs goch. Tyrchodd Fflur a Ffion i'r gwaelodion a dod ar draws dwy goron aur a'u rhoi ar eu pennau.

"Does fawr o bwrpas i chi'ch dau gael hetiau," meddai Llywela wrth Cochyn a Charlie fel roedden nhw'n chwilio ac yn chwalu drwy'r bocs.

"Wn i be wnawn ni!" meddai Erin. "Rown ni dipyn o dinsel rownd gwddw'r ceffyl ar ôl i chi fynd i mewn i'r wisg!"

Doedd yr ysbyty ddim yn bell ac roedden nhw yno ymhen fawr o dro. Roedd hi'n andros o boeth yno a'r lle yn llawn addurniadau Nadolig – y staff wedi bod yn brysur yn gwneud i bobman edrych yn brydferth iawn.

Safodd y criw yn chwithig gyda'i gilydd tra oedd Mrs Jones yn siarad efo'r wraig yn y dderbynfa.

Ychydig funudau yn ddiweddarach, daeth nyrs atyn nhw.

"Dowch efo fi," meddai hi'n wên i gyd wrthyn nhw. "Dan ni wedi dod â phawb allen ni i'r stafell ddydd i'ch gwylio chi. Mae pawb yn falch iawn eich bod chi wedi dod."

Arhosodd Charlie a Cochyn tu allan i'r stafell ddydd am funud bach i roi'r wisg geffyl amdanynt. Wedi i Cochyn roi'r pen ceffyl yn ei le yn iawn, rhoddodd goler dinsel o amgylch ei wddw a phelen wydr ar bob clust. Wedyn edrychai'r ceffyl pantomeim yn Nadoligaidd iawn hefyd.

"Ble mae Huwcyn?" sibrydodd wrth Llywela. "Wyt ti'n ei weld o yn rhywle?"

"Ydw," atebodd Llywela. "Dacw fo yn fan'cw!"

Eisteddai Huwcyn ar gadair gyda'i goes mewn plaster i fyny ar stôl. Edrychai'n llond ei groen yn yr ysgol bob amser, ond yma yn yr ysbyty, edrychai fel petai wedi mynd yn llai. Roedd yn rhyfedd ei weld mewn pyjamas a chôt nos hefyd. Ond pan welodd o'r myfyrwyr, goleuodd ei wyneb, a gwneud iddo edrych yn debycach iddo fo'i hun yn syth.

Perfformiodd pawb eu rhannau cyngerdd a phranciodd y ceffyl pantomeim yn ofalus o gwmpas. Curodd pawb eu dwylo ar y diwedd.

"Roedd hynna'n ardderchog," meddai'r nyrs. "Yr union beth i godi calon pawb. Ond … tybed … mae yma un neu ddau o gleifion sy'n rhy wael i symud, ond mi wn i y bydden nhw wrth eu bodd yn clywed cân fach. Fasa un ohonoch chi'n fodlon canu iddyn nhw?"

"Wnawn ni," meddai Ffion ar ei hunion. "Os nad wyt ti eisio g'neud, Erin?"

"Nac ydw. Popeth yn iawn. Gwnewch chi," meddai Erin. "Arhoswn ni amdanoch chi."

Roedd rhai o'r cleifion eisiau siarad efo'r myfyrwyr ac felly, erbyn i Fflur a Ffion ddod yn ôl, newydd gyrraedd at Huwcyn oedd Erin a'r lleill. Yn rhyfedd iawn, teimlai Erin braidd yn swil wrth ei weld o allan o'i gynefin. Ond doedd ots yn y byd gan Llywela. Aeth ato ar ei hunion.

"Ydach chi'n iawn?" gofynnodd yn bryderus.

Edrychodd Huwcyn ar Llywela. "Paid ti â phoeni," meddai wrthi. "Dwi'n iawn. Ella y bydda i hyd yn oed yn dy weld di am chydig ddyddiau dros y Dolig."

"Wir?" Swniai Llywela mor falch!

"Ie … wel … ffoniodd dy dad fi a gofyn a hoffwn
i aros efo chi am chydig ddyddiau unwaith y ca i
ddod o'r lle 'ma. Dwn i ddim pwy ddwedodd wrtho
'mod i wedi syrthio."

Sylwodd Erin ar Llywela yn ceisio edrych yn
ddiniwed a gwenodd ynddi'i hun. Chwarae teg i
Llywela – yn sicrhau y byddai Huwcyn yn cael gofal.
Ac efallai fod yr olwg hapus ar ei hwyneb yn rhannol
oherwydd ei bod hi'n gwybod y byddai ymweliad
Huwcyn yn golygu y gwelai hi dipyn mwy nag arfer
ar ei rhieni yn ystod y gwyliau yma hefyd.

Ond roedd Huwcyn yn edrych ar weddill y criw.
"Dwi'n falch iawn eich bod chi wedi dod draw yma i
godi calon y cleifion," meddai wrthyn nhw. "Syniad
pwy oedd o?"

"Erin," atebodd Llywela ar ei hunion.

"Y ddwy ohonon ni ar y cyd, a dweud y gwir,"
meddai Erin gan wenu ar Llywela.

"A beth oedd y gynulleidfa yn ei feddwl o'ch
thema chi yn y cyngerdd?" gofynnodd Huwcyn.

"Roedd pawb wrth eu bodd!" meddai Erin yn frwdfrydig. "Yn arbennig efo'r ceffyl."

"Dwi'n edrych ymlaen at weld y recordiad o'r cyngerdd," meddai. "Mae Mr Parri a fi'n mynd i'w wylio efo'n gilydd i benderfynu pwy fydd yn bwyta pizza! Gobeithio ichi i gyd 'neud eich gorau glas."

"Do!" meddai Dan. "Weithiodd pawb yr un mor galed a phetaech chi yno ac roedd cagla rasta Fflur yn wych!"

"Mae'n dda gen i glywed," meddai'r athro. Yna edrychodd ar Fflur. "Cagla rasta?" holodd, ond wnaeth Fflur ddim byd ond chwerthin.

Yna daeth Cochyn at ochr cadair Huwcyn a dweud rhywbeth wrtho. Ond fedrai Huwcyn ddim clywed yn iawn oherwydd fod Cochyn wedi anghofio tynnu pen y ceffyl.

"Alli di glywed be mae o'n ddweud, Erin?" gofynnodd Huwcyn.

"Gallaf," meddai Erin, oedd efallai'n clywed dipyn bach yn well na'r athro beth bynnag. "Mae o'n ymddiheuro am dorri'r symbal a'r falfiau yn yr amp."

Symudodd yn nes i wrando ar ragor o eiriau

aneglur yn dod o du mewn i ben y ceffyl. "Ac os gwelwch yn dda, wnewch chi ddim ymddeol oherwydd hynny, na wnewch?"

Bu tawelwch am eiliad a phawb yn aros am ateb Huwcyn. Roedd o wedi codi'i aeliau yn syn. "Wel, doeddwn i ddim wedi meddwl y byddai *ceffyl* yn gwneud i mi ymddeol," meddai gyda gwên o'r diwedd. "Gwaith papur, ella! Allwn i fyw heb hwnnw! Ond na, dydw i ddim yn bwriadu ymddeol ar hyn o bryd, diolch yn fawr."

Sylweddolodd Erin ei bod hi wedi bod yn dal ei gwynt. Gollyngodd o gydag ochenaid hir, ddiolchgar iawn.

"Dach chi'n gweld," aeth Huwcyn ap Siôn Ifan ymlaen, "dan ni i gyd yn cael ambell ddamwain ac yn torri rhywbeth pan dan ni'n ifanc. Drwy drugaredd, gall yr ysgol fforddio symbal newydd a gallwn gael gafael ar falfiau newydd i'r amp. Dydi o ddim yn ddiwedd y byd. Dwi'n siŵr y byddwch chi hogia yn fwy gofalus yn y dyfodol. Gwrandwch arna i!" ychwanegodd. "Nid yr ifanc yn unig sy'n torri pethau. Wedi'r cyfan dwi wedi torri fy ffêr, yn do!"

Pwysodd yn ôl yn ei gadair a chwerthin yn uchel, yn debycach iddo fo'i hun o lawer.

"Dwi wedi bod yn gorweithio," aeth yn ei flaen yn fwy difrifol. "A dwi wedi cytuno i orffwyso'n llwyr am ychydig wythnosau. Ond peidiwch â phoeni, fydda i'n ôl y flwyddyn nesa i roi chwip ar eich cefnau chi a chadw'ch trwynau chi i gyd ar y maen. Chewch chi ddim gwared â fi mor rhwydd â hynna!"

"Diolch byth!" meddai Llywela.

Gwnaeth rhywbeth yn llais Llywela i Erin edrych arni. Gwenai, ond sylwodd Erin fod ei llygaid yn llawn dagrau.

Daeth Mrs Jones i fynd â nhw yn ôl i'r ysgol. Roedd yn bryd ffarwelio â Huwcyn, a phawb yn siarad ar draws ei gilydd. "Nadolig Llawen!" "Hwyl fawr" "Peidiwch â hel gormod yn eich bol wedi mynd i dŷ Llywela." "Blwyddyn Newydd Dda pan ddaw hi!" Daeth Cochyn a Charlie allan o'r ceffyl hyd yn oed, er mwyn ffarwelio'n iawn.

Edrychai Erin ymlaen at fynd adref gyda'i theulu i gael amser braf dros wyliau'r Nadolig. Lapio anrhegion a gwneud mins peis! Addurno'r goeden!

Berwai o gyffro wrth feddwl am bopeth. Edrychai ymlaen hefyd at weld ei ffrind Sara oedd yn mynd i'w hen ysgol. Hefyd … *hefyd* … byddai hi ar y teledu yn ystod y gwyliau! Byddai cyngerdd Sêr y Dyfodol roedd hi wedi cymryd rhan ynddo ddiwedd y tymor diwethaf yn cael ei ddarlledu ar S4C dros y Nadolig. Roedd hi ar dân eisiau'i weld! Yn ysu am ei weld! *Dyheu* am ei wylio efo'i theulu! Roedd yn deimlad braf iawn.

"Nadolig Llawen," meddai Erin wrth Huwcyn ap Siôn Ifan.

Rhoddodd yr athro winc fawr arni. "Nadolig Llawen i chi i gyd," meddai. "Wela i chi'r flwyddyn nesa!"

Ac rwyt tithau'n
dyheu am fod
yn seren bop

Yn dilyn mae rhai o
sêr y byd pop a roc Cymraeg
yn cynnig cyngor neu ddau
a all fod yn
gymorth iti
weld dy
freuddwyd
yn cael
ei gwireddu

Callia! Paid ag anghofio
dy waith ysgol!

Cadw dy draed ar y ddaear a phaid
â mynd yn ben bach. Mae pawb
angen ffrindiau felly paid ag anghofio
amdanyn nhw.

Bydd yn driw i ti dy hun.

Ac yn olaf – y peth pwysicaf
un – mwynha bopeth ti'n
ei wneud!

Dos amdani!
Mae'r dyfodol yn dy ddwylo di

Cofia am y gyfres i gyd!